W0047193

KLARTEXT

Stefan Haver

LANDSBERG

ROMAN

Bibliografische Information der Deutschen Nationalbibliothek
Die Deutsche Nationalbibliothek verzeichnet diese Publikation
in der Deutschen Nationalbibliografie; detaillierte bibliografische
Daten sind im Internet über http://dnb.dnb.de abrufbar.

Impressum

1. Auflage März 2023
Satz: Joachim Bartels
Umschlaggestaltung: Joachim Bartels
Druck und Bindung: Multiprint GmbH, Kostinbrod 2230,
Slavianska Str. 10 A, Bulgarien
© Klartext Verlag, Essen 2023
Alle Rechte vorbehalten
ISBN 978-3-8375-2544-1
ISBN ePUB 978-3-8375-2568-7

KLARTEXT   Jakob Funke Medien Beteiligungs GmbH & Co. KG
Jakob-Funke-Platz 1, 45127 Essen
info.klartext@funkemedien.de
www.klartext-verlag.de

Inhalt

Vorspiel 805

Dichte Wälder. Hohe Farne. Tiefe Sümpfe. Und mittendrin die Fliehburg. Karolingische Zuflucht zu Zeiten der Sachsenkriege. Ein mächtiger Befestigungsring. Gut vierhundert Meter von Nord nach Süd. Zweihundert Meter in der Breite. Die Westseite als natürlicher Schutz steil abfallend zum Fluss hin. Zugänge im Nordwesten und Südosten. Das Haupttor im Süden als Zangentor ausgebildet. Nach Osten wehrhafte Mauern und tiefe Gräben. Das brauchte es schon. Die Sachsen und die Franken. Wie Feuer und Wasser. Hier: gregorianische Choräle, Sakralbauten, Ostertafeln und Minuskeln. Da: Irminsäulen, Thingstätten, Folkwang und Walhall. Auf der Brüstung der östlichen Wehranlage stand jetzt Luidger mit seinem Bruder. Dem Hildegrim. Versonnen betrachteten sie die heraufziehende Morgenröte. Es würde ein langer Ritt werden. Richtung Münster. Unfreiwilligem Bischofsamt entgegen. „Ich bin unwürdig", hatte Luidger das noch abzuwenden versucht. „Davon will ich nichts hören", hatte Karl der Große gegrollt. „Wir brauchen dich in Münster", hatte Hildebold von Köln gefleht. „Ich halte hier die Stellung", hatte Hildegrim gefeixt. Was blieb Luidger übrig? Gegen Kaiser und Erzbischof war nichts auszurichten. Ungelegen kam die Sache trotzdem. Schenkung und Tausch. Kauf und Gemauschel. Ewig hatte es gedauert, die Ländereien für den Bau der Abtei zusammenzukriegen. Und jetzt das. „Dem Rat so vieler gegenüber will ich nicht hartnäckig sein", sagte Luidger dem Hildegrim zum Abschied, „und erst recht nicht ungehorsam gegen den Willen Gottes. Also lebe wohl, Hildegrim." Der schaute dem Bruder lange nach. „Immer ist es so im Leben", dachte er, „erstens kommt es anders und zweitens als man denkt."

Vorspiel 1225

Graf Friedrich von Isenberg war sauer. Auf Engelbert. Onkel zweiten Grades und Erzbischof von Köln. Friedrich hatte lange zu den Welfen gestanden. Zumindest bevor er die Seiten wechselte. Fortan stand er zu den Staufern. Engelbert dagegen hatte schon den Staufern zugeneigt, als Friedrich noch welfisch dachte. Und später dann, als Friedrich ganz staufisch wurde, schlug Engelberts Herz plötzlich für die Welfen. Beider Beziehung hatte gelitten. Am Ende waren beide Staufer. Aber da war das auch schon egal. Weil Engelbert als Erzbischof immer weiter nach Nordosten ausgriff, wo Friedrich war. Der wollte auch wachsen. In entgegengesetzte Richtung. Wer brauchte Engelbert? Also traf er sich in der Angelegenheit mit anderen Adeligen, die gleichfalls um Macht und Einfluss rangen. „Dein Onkel, Friedrich, der drückt mir aufs Gemüt", sagte irgendwann der Herzog von Limburg. „Der Teufel dreht uns den Geldhahn zu", sagte der Graf von Arnsberg. „Bedenket die Konsequenzen", sagte der Graf von Tecklenburg. Und das tat Friedrich. Er lebte recht gut von dem, was er so herauspresste aus seinen Bauern: aus 36 Oberhöfen mit 1440 Bauerngütern in 905 Orten. Alles niedergelegt in zwei Isenberger Vogteirollen. „Ich setze den dreisten Onkel fest", versprach Friedrich. Gesagt, getan. Die Mannen des Isenbergers gingen mit tüchtigem Eifer zu Werke. Am Ende lag der Erzbischof erschlagen im Gevelsberger Wald. Aber auch für Friedrich ging die Sache nicht gut aus. Geächtet. Verraten. Verkauft. Gerädert. Und seine schöne Isenburg bis auf die Grundfesten zerstört. Friedrichs Sohn Diderik würde später eine neue bauen. Die überdauerte auch keine fünfzig Jahre. Geschliffen nach der Schlacht bei Worringen. Über die Kampfweise bergischer Bauern und Kölner Milizen wissen wir heute: Sie schlugen ein auf alles und jeden, egal ob Feind oder Freund.

Vorspiel 1869

An einem nasskalten Novembertag saß Wilhelm von Schnakenbeck-Sondheim als Fideikommissherr im Gartensalon von Haus Landsberg und hing trüben Gedanken nach. Landsberg hatte schon im 8. Jahrhundert urkundliche Erwähnung gefunden. Wurde Lehen der von Liudger erbauten Abtei. Später folgten die Isenberger. Die Grafen von der Mark. Über lange Zeit wurde von hier aus munter Raubrittertum betrieben. Mit der Säkularisierung war alles preußisch geworden. Und blieb doch: Rheinland und Westfalen. Landsberg gleichsam an die Kante gebaut. Hier noch: Protestantismus. Patriotismus. Schneid. Dort schon: Katholizismus. Karneval. Larifari. Unnötig zu erwähnen, wo von Schnakenbeck stand. Rechtsrheinisch durch und durch. Gottesgnadentum bis ins Mark. „Wie schnell vergeht der Ruhm der Welt", seufzte der Graf in rheinischen Niesel hinein. Da kam der Wind gerade von Westen.

„Was biegt, das bricht nicht", hatte sein idiotischer Quacksalber gesagt. „Man muss mit der Zeit gehen", hatte sein verbumfeiter Sekretär gesagt. „Wäre es denkbar, den halben Tag frei zu nehmen?", hatte der unverschämte Kammerdiener gefragt. Zu Brei schlagen sollte man die alle. „Dahin, dahin", murmelte Wilhelm bitter. Das bürgerliche Zeitalter schmeckte ihm wie Essigwasser. Landsberg lehrte etwas anderes: Hart sein. Wind von vorne geben. Klare Kante zeigen. Das hatte er auch seinem Schwachkopf von Sohn wieder und wieder eingebimst. „Wilhelm August", hatte er gesagt, „verhandeln ist was für Schwächlinge." Und weiter hatte er gesagt: „Kämpfen. Kämpfen. Kämpfen, Wilhelm August. Hier auf Landsberg wurde immer schon gekämpft." Und so würde es auch noch in fünfhundert Jahren sein. Wilhelm August hatte nur genickt.

Dann hatte er seinen traurigen Blick zum Vater emporgehoben und schüchtern gefragt: „Und was, wenn die Leute einmal sagen, sie seien des Kämpfens müde?" Wilhelm blitzte ihn wütend an. „Dann ist das eine Finte. Oder es sind einfach nur Idioten!"

Kompetenzteam

„Alles Idioten." Stille. Markus blickte auf, nickte unbehaglich. Jetzt war es an ihm, was zu sagen. Nicht so einfach. Die letzten Minuten hatte er verpasst. Zugehört schon, nur nicht Ellen. Frau Severing hatte das kleine Radio hinter der Theke eingeschaltet. Jetzt klebten Streicher wie Honig an den Wänden. Rondo Veneziano. Das hatten seine Eltern immer gehört. Schöner Mist, dachte Markus, sagte noch immer nichts, zog aber die Schultern an und wiegte den Kopf leicht hin und her. Ellens erwartungsvoller Blick, aufmunterndes Lächeln. „Wer jetzt?", fragte Markus endlich. Ellens Mundwinkel rutschten jäh nach unten. „Ja, wie? Hörst du mir überhaupt zu?" Markus nippte schuldbewusst an seiner Cola light, machte eine vage Handbewegung und legte sich einen neuen Anlauf zurecht. Musikalisch noch immer vor Augen: Trauriger Pierrot. Gondeln. Rialtobrücke. Da hatte Ellens Redefluss schon wieder eingesetzt. „Jürgen ist ein Idiot. Die hätten mich fragen müssen!" Markus verdrehte die Augen. „Ach, Ellen, so läuft das nicht. Wenn du dir das wirklich ans Bein binden willst, musst du es schon sagen. Laut und deutlich. Lieber Vorstand. Hier bin ich. Ich stehe bereit." Ellens Augen verengten sich zu Schlitzen. „Klar. Jetzt ist das auch noch meine Schuld. Diese ganze Kungelei. Das ist doch zum Brechen." Das kann ja heiter werden, dachte Markus und schüttete den Rest seiner Cola runter. „Bitte, Ellen, was denn für Kungeleien? Du magst ja vom Jürgen Driewer halten, was du willst. Aber ein großer Strippenzieher ist der bestimmt nicht."

Er schaute sich suchend nach Frau Severing um. Sein Glas war leer. Sein Kopf war leer. Der Gastraum war leer. Irgendwie deprimierend das alles. Ellen hatte schon recht: Es brauchte frischen

Wind. Völlig sinnlos hob er das leere Glas an die Lippen. Kein Service nirgends. Dazu jetzt Santana. Als er sich ihr wieder zuwandte, saß da eine ganz andere Ellen. War das Wut oder Ekel auf ihrem Gesicht? Oder beides? „Natürlich taugt der Jürgen nicht zum Strippenzieher", zischte sie. „Der ist ja auch ne Pfeife. Das geht in die Hose. Aber eines sag ich dir: Ich werd die Scherben hinterher nicht aufkehren. Das ist mal sicher."

„Ne, schon klar …" Markus' Gedanken schweiften wieder ab. Folgten seinem glasigen Blick nach draußen. Durch den dahindämmernden Gastraum, an den schweren Vorhängen vorbei, über die Terrasse mit den im Niesel kauernden Teakholzmöbeln und hinüber zum Grün von Loch Neun. In der Ferne die beiden Bagger am Herrenabschlag, gerade noch zu erahnen. Auf halbem Weg davor löste sich eine Gestalt aus dem Dunst. Gut hundert Meter zum Wasser mit der putzigen Fontäne. Insektengleich ruckten Gliedmaßen in die Höhe, fielen zu Boden. Dann wildes Gefuchtel. Stilles Fluchen. Im Wasser ein lautloses Aufspritzen. Im Radio noch immer Santana. *Samba pa ti.* „Ich glaube, das ist Jürgen, Ellen, ich muss dann mal los. Ich hab Rita versprochen, dass wir heute zusammen die Buchhaltung machen." Sie verabschiedeten sich mit Kuss links, Kuss rechts. Er setzte links an, sie drehte rechts. Der Kuss verschmierte irgendwo auf ihrem Nasenrücken. Nur raus hier, dachte Markus und sagte: „Getränke gehen auf mich."

Der Golfclub Gut Landsberg lag gut angebunden an der Bundesstraße auf halbem Wege zwischen Isenberg und Hefel. Die Grundmauern aus romanischer Zeit. Immer wieder überbaut und umgebaut. Grundlegend in den 1850er Jahren. Neugotischer Stil. Zweigeschossig. Risalitartig vorspringender Turm. Markus und Rita waren vor acht Jahren eingetreten. Markus hatte sich beim Skifahren in Ischgl eine üble Sprunggelenksver-

letzung zugezogen. Mit Tennis war danach Schluss. Rita war es
nur Recht. Sie hasste den Sport. Sie hasste die blöden Meden-
spiele. Sie hasste den HTB Am Volkswald 1886 e.V. Also hatten
beide kurzerhand für eine Mitgliedschaft im GC Gut Landsberg vorgesprochen. Als Bauunternehmer würde man wohl genommen werden. Mit Ellen, Christoph und Thomas als Bürgen.
Schließlich kannte man sich seit Schultagen. Und genommen
wurde man. Mit zwei Gegenstimmen im fünfköpfigen Aufnah-
meausschuss, wie sie später eher beiläufig erfuhren. „Das ist
mal die Höhe!", war Ritas erste Reaktion. Aber Schwamm drüber. Vollmitgliedschaft in Landsberg. Alles gut. Und seither keine rote Asche mehr in den Socken, unzählige Stunden auf der
Range und geselliges Zusammensein in Kreisen, die Rita zutref-
fend als „ein ganz anderes Umfeld" bezeichnete. Das allerdings
befand sich seit einiger Zeit in schwierigem Fahrwasser. Generationenwechsel nannte Sven Gräther das. Und der musste es
eigentlich wissen. Der war ja Präsident. Außerdem ein höflicher
Mensch. Andere sprachen nicht von Generationenwechsel. Die
nannten das Überalterung. Schleichendes Ausdünnen. Ewig-
gestrige. Wieder andere hielten dagegen: Ausverkauf. Offenba-
rungseid. Degeneration. Kurz: Die Altvorderen starben weg.
Neue Mitglieder blieben aus oder außen vor.

„Zwei Gegenstimmen, diese Knallchargen!", raunte Markus
verächtlich, als er seinen Audi Q5 auf dem Parkplatz wendete
und durch das kleine Torbogenhaus auf die Landstraße lenkte.
So viele Jahre vergangen, aber ganz verheilt war die Sache nie.
Auch damals war es Ellen gewesen, mit der er im Clubhaus zu-
sammengesessen hatte. „Also, Markus, ich hab einen gut bei dir.
Rita und du, ihr wärt ja nicht genommen worden. Da musste
ich erst nochmal mit Grandpa Joseph reden …"

Über Jahrzehnte war Gut Landsberg vor allem Gesellschaftsverein gewesen. Der Geschäftsabschluss beim Mittagessen. Der Personalcoup beim Barolo. Die stille Sorge, wer wohl wen zuerst grüßt auf dem Platz. Viele Familien schon seit Generationen Mitglied. Altes Geld, dicke Teppiche, schwere Colliers. So war das. Die unvermeidlichen Finanzlöcher zum Jahresende wurden mal um mal auf Firmenkosten gestopft. Leise und mit mokantem Lächeln: „Also darüber lass uns mal nicht reden. Wir sind doch hier nicht bei den Taubenzüchtern." Aus und vorbei, das war jetzt gründlich anders im Schraubstock wachsender Corporate Governance Anforderungen. Die Spenden versiegt. Die Taschen zugenäht. Die Mienen zugeknöpft. Die Stimmung auf Talfahrt. Und auch sonst eher Primitivo als Barolo: Schließlich arbeitete man hart für sein Geld. Derweil drängten die Jüngeren auf Öffnung und Mitgliederwachstum. Drei Jahre in Folge hatte es Sonderumlagen gegeben, um den Verein noch gerade so über Wasser zu halten. Frontenbildung war unvermeidlich. Bernhardt Spörle, vormaliger Rheinmetall-Vorstand und Clubpräsident 1979 bis 1986 machte mit dem Wort vom neureichen Audi-Proletariat von sich reden. Er selbst fuhr Mercedes, mehr schlecht als recht. Aber das hatte gesessen. Der Vorstand war alarmiert: Verschnupfter Altpräsident, nörgelnde Neumitglieder, verwurmte Grüns und leere Kassen. Es musste was passieren. Ein Komitee musste her. Frische Ideen, Ergebnisse bis zur Mitgliederversammlung im Juni: Projekt Zukunft – Perspektiven Landsberg 2.0.

Ellen hatte das richtig elektrisiert. Drei Generationen Engel hatten die Vergangenheit auf Gut Landsberg geprägt. Ihr Urgroßvater war Gründungsvorstand. Nun war es an ihr: Ellen Engel-Vermeer wollte die Fackel umsichtiger Erneuerung weitertragen und ihren Club in eine gute Zukunft führen – „So wahr mir ..." In diesem Moment sprang die vordere der hohen Flügeltüren auf und herein kam Jürgen Driewer.

Jürgen winkte Beate Servering, deren blasses Gesicht für einen kurzen Moment über der Theke aufleuchtete. Hier muss so einiges anders werden, dachte Jürgen und bestellte einen Macchiato. Dann fuhr er wie ein Kreisel herum, um mit den Fingern schnipsend und im Wiegeschritt auf Ellen zugetanzt zu kommen. Ellen verdrehte die Augen und schürzte die Lippen zu einem gequälten Lächeln. „Ist das affig, Jürgen", zischte sie süßsäuerlich. Der aber kam jetzt erst richtig in Fahrt, fing auch noch an zu singen: „Mädchen mit dem Perlenohrring – lass mich dein Pirat sein." Damit hatte er Ellens Tisch erreicht und warf ihr beide Arme entgegen. „Jetzt komm mal runter, Jürgen, das ist nicht witzig. Was war das denn an der Neun? Wasser?" Jürgen ließ sich ihr gegenüber in den Stuhl fallen und fixierte sie mit dem, was er wohl für seinen Piratenblick hielt. „Wasser, ... Nicht-Wasser. Wen interessiert's? Die Sache ist die, Ellen: Ich will dich. Ich brauche dich. Ich zähl auf dich. Für mein Kompetenzteam." Jetzt kam auch Frau Severing mit dem Macchiato angeschoben. „Einmal Latte." „Sie sind ein Schatz, Beate. Schreiben Sie es auf." Die Augen hielt Jürgen unverwandt auf Ellen gerichtet. „Nun, was sagst du?" Tja, was gab es da zu sagen? In Ellen: kochende, schäumende, rote Wut. Jürgen und Kompetenzteam? Das war doch ein Witz. Eine Lachnummer. Jetzt nur nichts anmerken lassen. Das musste man dem ja nicht gleich auf die Nase binden. Grandpa Joseph kam Ellen in den Sinn: Halte deine Freunde nah, aber deine Feinde näher. So macht man das. Grandpa Joseph war auch mal Präsident auf Landsberg gewesen. Ganze acht Jahre. Und zeitlebens auf der Brücke der Engel Werke, Sackmaschinen und Füllsysteme. Das war das Holz, aus dem sie geschnitzt war. Nicht so ein Emporkömmling wie der Driewer mit seinen E-Rollern. Mit einem Mal hatte sie ihre Ruhe wieder. „Ja also, Jürgen, was soll ich sagen? Mir ist ehrlich gesagt nicht ganz klar, was du da von mir willst. Was meinst du denn mit deinem Kompetenzteam?" Jürgens Augen, noch immer auf Ellen fixiert, jetzt aber doch mit einem kaum merklichen Anflug von Unsicherheit: „Projekt Zukunft – Perspektiven Landsberg 2.0, das kennst du aber schon, oder? Sven hat mich gefragt, ob ich mir vorstellen könnte, das Komitee zu leiten." „Und – kannst du?" Das kam jetzt doch etwas schnippisch rüber. Ellen musste zurückrudern: „Also klar, Jürgen, da bist du schon genau der richtige für. Aber was soll ich dabei? Ich meine, ich hab ja auch sonst nicht eben Langeweile." Das war dick aufgetragen. Gut, Ellen hatte ihr Pilates, die Kinder, zweimal die Woche Bridge. Aber es war doch ziemlich offensichtlich, dass sie den Großteil ihrer Zeit hier auf dem Golfplatz verbrachte. „Langweiler brauche ich auch nicht, Ellen. Ich brauche Leute, die mit mir nach vorne denken, die Klartext sprechen. Deshalb will ich ja dich ... und Christoph." Aha, jetzt war es raus. Christoph also auch. Sie und Christoph. War ja klar. Wenn hier jemand auf der Schnellspur unterwegs war in Richtung Zukunft, dann sie und der Christoph. Der hatte ganz sicher Bock auf Vorstand, der Christoph. Autohaus Guldenreiter, immerhin auch schon in dritter Generation. Am Ende doch gar nicht mal so blöde, der Driewer. Kompetenzteam – soso. Ellen richtete sich kerzengerade auf und streckte die Brust raus. „Weißt du was, Jürgen? Ich bin dabei – unter einer Bedingung ..."

Markus hatte inzwischen den Ortseingang von Isenberg erreicht, bog ein auf die Grafenstraße und verspürte plötzlich einen starken Jieper auf Leberknödel, Hausspezialität der Fleischerei Ruhmbach – „Saugut seit 1953". Vor der tristen Auslage hatte er schon von Ferne eine freie Parkbucht ausgemacht. Das war ein bisschen eine Niederlage. Markus neigte zu Frustessen. Dass Rita ihn zuweilen Mayonnaisebärchen nannte, machte die Sache nicht besser. Vor allem aber konnte er Rainer Ruhmbach nicht leiden. Das heißt, seit der Zeit, da das Bauprojekt an dessen Gartensauna und ayurvedischem Spa krachend gescheitert war. Ende der gemeinsamen Skatrunden, Beginn eines unschönen Rechtsstreits und Ausgangspunkt aufwändiger Rückbaumaßnahmen. Alles auf seine, Markus', Kosten. Seither beschränkten sich beider Gespräche auf das Herunterleiern von Wurstspezialitäten: „Tag Rainer. Acht Leberknödel, eine Lage Zungenwurst und vier Landjäger pikant."

„Achtmal Knödel. Einmal Zunge. Scharfmacher. Das macht dann 26,80. Mit Karte? Danke. Grüße an die Rita." Beim Verlassen der Fleischerei Ruhmbach fiel Markus' Blick auf ein absurd hässliches Plakat, das da an der Drahtglasscheibe der Ladentür pappte: Willkommen an Loch Sex – Ihr Golfclub Hefel. Markus war ja bestimmt nicht prüde, aber da wäre ihm doch fast die Wursttüte aus der Hand gefallen. „Sag mal, Rainer, ist das nicht dein Heimatclub? Welcher Vollpfosten hat sich denn das ausgedacht?" „Na, ich." „Klar. Ich mach nur Spaß. Man sieht sich." Jetzt hatte Markus es eilig. Aus dem Laden. Ins Auto. Ans Telefon. Kurze Enttäuschung, als nach langem Tuten nur die Mailbox ansprang. „Ellen? Du glaubst nicht, was ich gerade gesehen habe! Ruf mich zurück. Markus."

Der Golfclub Hefel kam für Rita und Markus nie wirklich in Frage. Wobei, als das mit der Mitgliedschaft in Landsberg noch nicht spruchreif war, hatte man doch schon mal die Fühler ausgestreckt. Das eigene Werbematerial präsentierte Hefel als „gesellig und sportlich orientiert". Auf Landsberg sah man das naturgemäß anders. „Überlaufen und gewöhnlich" hieß es da. Immerhin war man vierzig Jahre ohne Nachbarclub ausgekommen. Und für Krethi und Plethi gab es ja die Minigolfbahn an der Meisenburg. Die hatten halt eine ganz andere Klientel, die Hefeler. So Leute wie den Rainer – Saugut seit 1953. Schon beim Ausparken nestelte Markus an der Tüte und angelte sich einen Scharfmacher. Das war schon gut, wirklich pikant. Markus fädelte sich in den Verkehr ein und nahm einen weiteren herzhaften Bissen. Was war die Ellen eben geladen gewesen. Nur gut, dass er raus war, als die Sache mit dem Jürgen eskalierte. Den konnte er allerdings auch nicht riechen. Dieses ganze Gefasel von Plattformökonomie, von neuer Mobilität. Digitalisierung 1.0, 2.0, 3.0, 4.0. Start-up-Unternehmer, E-Scooter in vierzig Städten. Die landeten doch eh alle in der Böschung oder sonstwo. Erst neulich noch gehört: gut 500 von den Dingern in Köln aus dem Rhein gefischt. Ja, der Jürgen. Und jetzt also Projekt Zukunft. Warum die Ellen so scharf war auf diesen Klimbim, wollte ihm nicht recht einleuchten. Die sollten doch alle mal richtig arbeiten. Markus dachte an die Bagger am Herrenabschlag Loch Neun. Krachend versenkte er seine Zähne in der Wurst. Das Telefon klingelte Glasperlen.

Als Jürgen das Clubhaus verließ, war er leicht verstimmt. Unzufrieden auch mit sich. Weil sein Gag nicht gezündet hatte: „Mädchen mit dem Perlenohrring – lass mich dein Pirat sein." Vorgeschichte war eine ausgelassene Karnevalssause vor gut drei Jahren. Ellen war als Mädchen mit dem Perlenohrring gegangen. Er als roter Korsar. Man hatte gelacht und getrunken. Getrunken und gelacht. Am Ende hatte sich Ellen konvulsivisch in die Rabatten am Halfway House übergeben. Jürgen hatte ihre Haare hochgehalten. Ellens Ehemann Marijn, an jenem Abend so eine Art rüschenbesetzter Swarovski-Robespierre, hatte seine Frau mit finsterer Miene in ein Taxi Richtung Heimat bugsiert. Dann war er mit hochrotem Kopf unter der gepuderten Rokoko-Perücke auf Jürgen zugesteuert und hatte eine Menge niederländischen Unflat auf ihn niedergehen lassen. Hängengeblieben waren bei Jürgen „klootzak" und „smeerlap". Er hatte sich köstlich amüsiert. Ellen eher nicht. Am nächsten Morgen war der Perlenohrring weg. Marijn auch. „Papa braucht mal eine Auszeit." Klar, dass Ellen seine kleine Gesangseinlage nicht witzig fand. Aber, hey, am Ende hatte sie schließlich zugestimmt, in seinem Kompetenzteam mitzumachen. Nur die Art, wie sie das getan hatte ... Irgendwie so von oben herab: „Unter einer Bedingung ..." Das schmeckte Jürgen gar nicht.

Auf seinem Weg über die Terrasse hatte er das irritierende Gefühl zu schrumpfen. Selbstzweifel? „So weit kommt es noch!", dachte Jürgen. Und so weit kam es auch nicht. Das waren nur diese dicken Lehmplacken. Die lösten sich im Gehen von seinen Sohlen. Da müsste gleich mal Olek ran. Schon ein Ärgernis. Also nicht der Dreck, aber so mir nichts, dir nichts Bedingungen gestellt zu bekommen. Wenn hier einer Bedingungen stellte, dann er. Jürgen. Kurz vor IPO. E-Roller in vierzig Städten. Plattformökonomie. Alles, was Ellen mitbrachte, war die Engel-Vermeer-Nummer. „Grandpa Joseph – wenn ich das schon höre", lachte Jürgen bitter in sich hinein, „sag doch einfach Oppa Jupp". Jürgen wusste, dass er das Vertrauen der Silberrücken brauchte, um dermaleinst in den Vorstand gewählt zu werden. Der Rest war eine einfache Rechnung. Brauchst du die Alten, brauchst du den Engel-Klüngel, brauchst du Ellen. Und Ellen hatte er. Unter der Bedingung, ihr bei der Ausrichtung des Halloween-Turniers in zwei Monaten zur Hand zu gehen. „Das

Halloween-Turnier?", hatte Jürgen erstaunt zurückgefragt, „Also, mal ehrlich, Ellen, hast du jetzt deine mütterliche Seite entdeckt? Kürbisschnitzen, Kinderpunsch und Ringelpietz mit Leuchtbällen?" Traditionell war das Halloween-Turnier eine Sache für die Bambinis. Eine Handvoll aufgekratzter Nachwuchs-Landsberger, die gibbelnd in der Dunkelheit verschwanden, um zwei Stunden später verbeult, verschlammt und mit vor Aufregung leuchtenden Backen wieder aufzutauchen. Joshua und Amelie, Ellens „Goldschätze", waren dabei, seit sie Laufen konnten. Als Begleiter verdienten sich Trainer und Jugendbetreuer ein karges Zubrot. „So haben die Kleinen ihren Spaß", sagten die Großen. „So haben die Großen ihre Ruhe", wussten die Kleinen. Eigentlich eine prima Sache. Aber doch nicht ganz Jürgens Kragenweite. Da solle er sich mal keine Sorgen machen, so Ellen. Das werde jetzt eine ganz andere Chose. Nicht so'n oller Kinderkram. Ein Riesending. Champagner, Austernbar. Preisverleihung. Der ganze Pipapo. Das solle er sich mal vorstellen! Da sei richtig Musik drin. Am Ende tue sie ihm, Jürgen, damit noch einen Gefallen. Das sei ja quasi schon ein Stück Landsberg 2.0, irgendwie. „Einverstanden", hatte Jürgen ihren Redestrom schließlich unterbrochen und sich gefragt, wer hier nun eigentlich wen in sein Kompetenzteam gezogen hatte. Ganz schlecht war Ellens Idee aber nicht. Das war nicht von der Hand zu weisen.

Jürgen steuerte seinen Elektrotrolley in den Hof des Caddy-masters und spürte, wie sich seine Stimmung mit jedem Schritt aufhellte. Halloween-Turnier. Dass er da nicht selbst drauf gekommen war! Da konnte man eine hübsche Duftmarke setzen. Morgen würde er mal mit seinen Eventleuten sprechen. Wenn schon, denn schon. „Tag, Olek. Guck dir mal die Sauerei an.

Die Schuhe krieg ich doch nie wieder sauber!" Das war nicht übertrieben. „Ist aber auch eine Schlammgrube da draußen. Wärst du wohl so gut ...?" Er verschaffte sich Halt an der Reling der Schlägerwäsche und winkelte Olek die linke Sohle entgegen. Der machte sich gleich mit Wasserstrahl und Druckluftdüse ans Werk. Jürgen kramte sein Mobiltelefon hervor und tippte eine Nummer. „Christoph? Ja, hi, Jürgen hier. Mensch du, ... Wo erwisch ich dich? ... Costa Navarino? Geil ... geil ... Hammer ... Ja, super ... 'n Traum. Mmmh. Hahaha, genau. Mmmh ... Mmmh. Hammer ... Mmh ... Mmh ... echt, so gut? Du, Christoph, mal was anderes, die Ellen, die ... ja klar ... ja klar ... Hahaha ... Hammer ... Mmh ... Mmmh ... Du, die Ellen ist ... echt jetzt? ... Hammer ... Mmh ... Mmmh ... Du, ich seh' schon, ihr habt ne super Zeit da unten." Olek bedeutete ihm mit leichtem Wedeln der Druckluftdüse, dass nun der zweite Fuß an der Reihe sei. Jürgen fand es einigermaßen ärgerlich, wie der Caddymaster da so mitbekam, dass ihm am Telefon ein Ohr abgekaut wurde. Er beschloss, Druck zu machen. „Du, Christoph, alles schön und gut. Aber jetzt mal Neues von der Heimatfront. Die Ellen ist dabei. Ich hab grad ... Du musst los, ich weiß ... Hahaha ... Alles klar ... Ich muss hier auch weitermachen ... also, die Ellen ist, ... super ... super ... ne, dann noch viel Spaß da unten ... Jau ... Hahaha ... du auch ... Grüße ... Jau ... Mach's gut." Das ist ein Vogel, dachte Jürgen und steckte sein Telefon weg. Die Schuhe waren wie neu. „Perfekt, Olek. Machst du noch die Schläger? Die können's auch vertragen ... Guter Mann!" Und weg war er. Der Anblick seiner schneeweißen Schuhe auf dem nassglänzenden Kopfsteinpflaster erfüllte ihn mit Genugtuung. Jetzt erstmal im Office anrufen, wie die Geschäfte stehen. In Erfurt wieder acht Roller verschwunden. Blöde Assis.

Zur Feier des Tages gönnte sich Ellen noch einen Weißburgunder. Die Kinder hatten ohnehin Training. Mit dem Hund sollte ruhig mal der Marijn gehen, wenn er nach Hause käme. Der olle Stinkstiefel. Gerade hatte sie den ersten Schluck genommen, als sie Markus' Anruf auf der Mailbox entdeckte: „Ellen? Du glaubst nicht, was ich gerade gesehen habe! Ruf mich zurück. Markus." Der nun wieder. Wie so'n Kippschalter. Nur zwei Zustände: Licht an. Licht aus. Kein Dimmer. Das konnte einen schon zur Weißglut bringen. „Du glaubst nicht, was ich gerade gesehen habe!" Voll die Panik. Aber vorhin nur dösig Löcher in die Luft gestarrt. Die ganze Zeit über nicht richtig zugehört. „Wer jetzt?", das war so ein typischer Markus gewesen. Zum Fremdschämen. An. Aus. Dazwischen nichts. Und dann hat der auch so ein richtiges Antriebsproblem, dachte Ellen. Also, wenn das meine Bagger wären, die da hinten im Schlamm versinken ... Aber geschenkt.

Das nachfolgende Gespräch trug wenig dazu bei, sie gnädiger zu stimmen in Bezug auf Markus. Wenn sie eines auf den Tod nicht ausstehen konnte, dann waren es Leute, die mit vollem Mund reden. Und Markus klang so, als würde er gerade ein halbes Schwein zerkauen. Einfach widerlich. „Immer langsam, Markus, was ist das jetzt mit Sex an Loch Sechs?" Geräuschvolles Kauen am anderen Ende der Leitung. Schlucken. „Hefel, Ellen. Hefel. Das ist die neue Mitgliederkampagne von Hefel. Willkommen an Loch Sex. Die hamm'se ja wohl nicht mehr alle." Das war nun doch interessant. Seit dieser Hanswurst von Ruhmbach die Präsidentschaft zu Jahresbeginn übernommen hatte, gingen die Neuanmeldungen in Hefel durch die Decke. Das wusste sie von Sven. Nicht eben eine Blaupause für Landsberg. Aber davon lernen ließe sich schon. Also, auf anderem

Niveau, natürlich. „Weißt du was, Markus? Ich melde mich nochmal, wenn du aufgegessen hast. Ciao." Sie musste nachdenken. Jürgen und Christoph mit ihr im Kompetenzteam. Das Trifolium des Komitees „Projekt Zukunft – Perspektiven Landsberg 2.0". Mitgliederansturm auf Hefel. Schmierige PR-Winkelzüge. Das Halloween-Turnier in wenigen Wochen. Ellen schwirrte der Kopf. Ihr Bauchgefühl sagte ihr, da müsse sich was draus machen lassen. Vielleicht sagte das aber auch nur der Weißburgunder. Sie durchstöberte ihren Messenger. Da waren gut zwei Dutzend Bildnachrichten von Christoph. Costa Navarino. Ursprünglich hatte sie mitkommen wollen. Aber dann war ihr aufgegangen, wie sehr sie den Vorsitz im Zukunftskomitee wollte. Naja, eigentlich: wie brennend sie in den Vorstand wollte. Da gehörte sie hin. Das war sie sich, das war sie der Familie schuldig. Vier Generationen Engel für Landsberg. Und von nichts kommt nichts. Da war Costa Navarino ganz schnell gestorben. Spätestens jetzt zeigte sich, dass die Entscheidung goldrichtig gewesen war. Ungeheuerlich, dass der Sven ausgerechnet den Jürgen auf den Vorsitz angesprochen hatte. Ein herber Rückschlag. Aber seiner Sache sicher sein konnte sich Jürgen nicht. Sonst würde der doch nicht versuchen, die beiden aussichtsreichsten Kandidaten in dieses lächerliche Kompetenzteam reinzuziehen. Wo gab es denn so was: ein Dreigestirn. Ja, war man denn im Karneval!? Prinz, Bauer und Jungfrau. Seine Tollität, okay, das passte zu Jürgen. Seine Deftigkeit, Christoph, ohne Zweifel ein anderes Kaliber. Ernstzunehmende Konkurrenz. Und dann sie: Ihre Lieblichkeit. Jung und Frau. Weibliche Schöpfungskraft gegen die Herrschaft alter weißer Männer. Sie würde mal mit dem Sven reden müssen. Aber Obacht. Das Ansägen von Stuhlbeinen war ein kniffliges Geschäft. Damit machte man sich selten Freunde. Grandpa Joseph pflegte in solchen Dingen zu sagen: „Erwecke nie den Anschein, deinen Feinden schaden zu wollen. Tue lieber alles dafür, dass sie sich selbst schaden." Der gute Alte.

„Bin wieder da." Zu Hause angekommen verstaute Markus die Leberknödel im Kühlfach und stieg hinauf unters Dach. Den Ausbau hatte er selbst übernommen. Offene Wohnfläche auf 45 Quadratmetern mit unverstelltem Blick auf Tal und Isensee. Leider ein Glutofen im Sommer, fußkalt im Winter. Folge fehlerhafter Berechnung des U-Werts der Wärmedämmung. Da ließ sich jetzt auch nichts mehr machen. Er fand Rita konzentriert über diverse Ordner gebeugt, immer wieder energisch auf einen kleinen Tischrechner eintrommelnd. „Und, Baby, wie stehen die Aktien?" Dabei trat er hinter sie und legte ihr zärtlich den Arm um die Schulter. Rita fuhr herum wie von der Tarantel gestochen. Die rückenaktive Lehne ihres Bürostuhls versetzte ihm einen herben Schlag auf die Unterlippe. Er schmeckte Eisen, sah Sterne. Dann Ritas sorgenvolles Gesicht. „Sorry, Bärchen, sorry, sorry, sorry. Ach, was mach ich denn! Tut es sehr weh?" Tat es nicht. Blutete aber wie blöde. Markus versuchte ein Lächeln. Rita drückte ihm ein Taschentuch zwischen die Zähne. „Ich hol schnell Eis", sagte sie und verschwand Richtung Treppe. Gedämpft von unten dann: „Oh, du hast Leberknödel gekauft". Sein Blick wanderte über Korrespondenz und Rechnungsbelege. Ein Blutstropfen löste sich von seinem Mundwinkel und zerplatzte auf dem „O" von Brockmann Bau, Briefkopf zu Häupten zweiter Mahnung. Zweifellos würde das der Forderung Nachdruck verleihen. Er musste an diesen alten Song von Mike & The Mechanics denken: The living years. *Say it loud, say it clear* …, so stadionmäßig zum Wunderkerze schwenken und mitschwofen. Ganz große Gefühle. Markus kriegte Gänsehaut.

Ein Erweckungserlebnis. „Say it loud, say it clear", sang er leise und mit geschlossenen Augen vor sich hin, das blutende Taschentuch ans Kinn gepresst. „Alles in Ordnung?", fragte Rita, als sie mit dem Eis in der Tür auftauchte. „Alles in Ordnung, Baby! Mir ist nur grade was klar geworden. Wir sind einfach … zu leise." Rita wäre eine Menge eingefallen, was sie waren oder auch nicht waren. Aber zu leise? Fast pleite, okay. Nach vierzehn Ehejahren noch immer ein tolles Paar. Wie Berlin: arm, aber sexy. Konnte man sagen. Man konnte sagen, dass Markus als Handwerker zwei linke Hände hatte und dass es an ein Wunder grenzte, dass es Brockmann Bau überhaupt noch gab. Oh ja. Dass es damals eine gute Idee gewesen war, mit dem Tennis aufzuhören, konnte man sagen und dass Landsberg unanständig teuer, aber dafür auch ein ganz anderes Umfeld war. Doch, das konnte man sagen. Oder einfach: Danke für das Eis, Baby, danke, dass du mit deiner Buchführung den ganzen Laden noch irgendwie zusammenhältst, dass du den Haushalt schmeißt und mir gleich noch leckere Leberknödel machst. Gewiss, alles das ließe sich sagen. Sicher auch: Lass uns mal wieder so richtig Urlaub machen. Scheiß aufs Geld, jetzt werden wir uns mal ordentlich verwöhnen. Konnte man sagen. Aber zu leise? „Dann sing doch lauter", sagte sie und drückte ihm den Eisbeutel ins Gesicht. „Nein, wirklich, Rita. Die Sache ist die: Man muss seinen Standpunkt schon klar machen in der Welt. Seine Claims abstecken. Wir sind da einfach zu nett. Guck dir mal den Jürgen an!" „Wenn ich mir den angucke, muss ich kotzen", erwiderte Rita frostig, „dann lieber leise!" Damit bezog sie wieder ihren Platz zwischen den ausgebreiteten Papieren und hämmerte noch mehr rote Zahlen in den Rechner. „Kann ich dir helfen?", fragte Markus eher halbherzig. „Ach lass mal, du blutest ja eh alles voll. Ich mach das schnell noch fertig." Markus drückte ihr einen Kuss auf den Scheitel und zog sich unauffällig zurück. *Say it loud, say it clear*, dem Gedanken musste man weiter nachgehen. Ellen: Laut. Christoph: Lauter. Jürgen: Du meine Güte, da hatte Rita schon recht. Aber er hatte eben auch recht: Sie mussten ihren Platz im Leben besser behaupten. So Leute wie den Spörle mal auf der Runde stellen: „Sagen Sie mal, haben Sie diesen Bockmist wirklich verzapft, das mit den Audi-Proleten?" Wam! Oder Ellen klare Kante zeigen: „Hör mal, ohne meine Drainagen könntest du deinen Grandpa Joseph bald einpacken und zu Hause Malefiz spielen." Bam! Oder der Betty Wieler, Sportvorstand auf Landsberg, richtig einen vor die Mappe geben: „Wie jetzt, meine Bagger stören Ihren Spielbetrieb? Dann spielen Sie doch auf Loch Sex!" Thank you, Mam! Ja, so ging das. Da würden jetzt mal andere Saiten aufgezogen. Loud and clear. Aber so was von! Auf der Küchenablage lag noch eine angebrochene Tüte Chips. Markus machte sich ein Bier auf und langte ordentlich zu. Da kam Rita gerade mit zufriedener Miene die Treppe hinunter. „Das hab ich gesehen, Mayonnaisebärchen, nicht vor dem Abendessen!"

„Die Bagger müssen weg", wiederholte Sven mit Nachdruck. Es war Montagabend. Vorstandssitzung auf Landsberg. Das dauerte nun schon Stunde um Stunde. Sven Gräther, Vorsitz und Marketing, Babette Wieler, Sport, Volker Spindler, Platzangelegenheiten und Berthold „Berti" Siepenkötter, Finanzen. Heftiges Nicken von Babette über ihrem Primitivo. Berthold hielt weiter hartnäckig dagegen. „Der Brockmann macht's gut. Der Brockmann macht's billig. Basta." Und so war es. Eigentlich konnte man sich über die Fortschritte der vergangenen Monate nicht beklagen. Volker sowieso nicht, der hatte Markus ja angeheuert. Aber auch nur, weil der das gemacht hatte, was man ein Angebot nennt, das man nicht ablehnen kann. Kein abgeschnittener Pferdekopf unter der Decke. Das war nicht so Markus Brockmanns Stil. Dafür eine völlig konkurrenzlose Offerte. „Nimm einfach das günstigste Angebot und geh nochmal zwanzig Prozent runter". Markus wollte den Auftrag um alles in der Welt. Fürs Prestige. Alle Drainagen erneuern auf achtzehn Loch. Ich mach Landsberg tippi-toppi. Ehre einlegen bei den Geldsäcken. Nicht einträglich, aber eine Topreferenz. It takes money to make money oder so ähnlich. Das war Markus' Plan. Hingehauen hatte es nicht. Mit den Erdarbeiten begonnen hatte man auf der Sieben. Die lag günstig an der Stichstraße. Von dort aus wollte Markus sich bis zum Winter zügig ins Gelände vorgearbeitet haben. Die Sache schien aufzugehen. Die Bagger schafften ordentlich was weg, fraßen die alte Entwässerung aus dem Boden wie nichts. Sieben. Acht. Neun. Dann setzte der Regen ein. Alles wurde napoleonisch. Und die Bagger versanken im Schlamm, kamen nicht über den vermaledeiten Herrenabschlag hinaus. Seither ruhten alle Fronten. Frustration machte sich breit. Markus wusste: Bei Einbruch des Winters musste er sich bis zum Clubhaus vorgearbeitet haben, sonst käme alles in Schieflage. Unnachgiebig peitschte er seinen Bautrupp voran. Vergeblich. Erst kündigte Wladimir. Dann schmiss Fjodor die Brocken hin. Meuterei auf Landsberg. Nun standen die beiden Bagger nutzlos da, halb versunken im Matsch, wie urzeitliche Reptilien. Ein Bergungstrupp hätte Abhilfe geschaffen, aber das hätte Brockmann Bau endgültig den Garaus gemacht. So liquide war er nun auch wieder nicht. Das ganze Projekt brachte ohnehin nichts ein. Also weiter. Warten auf sonnigere Tage. Hoffen auf Dürre im Frühherbst. Markus abonnierte sich Wetterdienste in Echtzeit, hing an den Isobaren wie ein Daytrader am Nasdaq. Irgendwann kaufte er nur noch Rubbellose.

Von dieser ganzen Tragweite ahnte die abendliche Vorstands-
runde auf Landsberg freilich wenig. „Also, der Brockmann
kriegt noch eine letzte Chance: Fertigstellung bis Saisonauftakt", machte Volker den Sack zu. Selig, die den Frieden stiften,
denn sie werden Gottes Kinder heißen. Zufriedenes Nicken
rund um den Tisch. So ging man über zum nächsten Punkt der
Tagesordnung: Projekt Zukunft – Perspektiven Landsberg 2.0.
„Der Jürgen", eröffnete Sven die Diskussion, „der Jürgen Driewer hat sich angeboten, das Komitee zu leiten." Volker Spindler:
ganz sibyllinisches Lächeln. Berthold Siepenkötter: eine Maske
der Entschlossenheit. Babette Wieler: „Echt jetzt, der Jürgen?"
Der Abend würde lang werden. Frau Severing kam mit der
nächsten Runde. „Ich würde dann gleich mal Schluss machen,
wenn es recht ist?" Das war es nicht, aber was sollte man machen? Mit der Severing musste man sich gut stellen. Die Frau
war, was man alternativlos nennt. „Gutes Personal ist heute
schwer zu finden", hatte Berthold Siepenkötter schon vor einem
Jahr mit der ganzen Wucht unternehmerischer Erfahrung kommentiert. Aus Landsberger Sicht ein Luxusproblem. Ob gut
oder schlecht, heute oder morgen: Personal für die Clubgastronomie fand sich nicht nur schwer, es fand sich überhaupt nicht.
Wie auch? Gehalt knapp über Ehrenamt. Trinkgelder mau und
Arbeitszeiten eine Zumutung. Wenn es in Grußnoten offizieller
Clubereignisse hieß „... und ganz besonders danken wir Frau
Severing und ihren emsigen Helfern im Hintergrund", dann
hätte es auch heißen können „Wir danken Frau Severing und
Manfred". Manfred war der Koch. Eigentlich war er Tischler.
Aber seit dem Verlust zweier Fingerkuppen war er das nicht
mehr. In Zeiten lange vor Manfred hatte sich Landsberg einer
exquisiten Küche erfreut. „Sterneniveau", hatte es geheißen.
Selbst den legendären Jack Nicklaus hatte man hier mal durch-

gefüttert. Heute gab es Sterne höchstens noch als Nudeleinlage in der Festtagssuppe und exklusiv nahm man allzu wörtlich: mit einer harten Türpolitik, die kompromisslos jeden abblitzen ließ, der nicht gesichtsbekannt war oder auf Drei einen Mitgliedsausweis präsentieren konnte. „Wir kommen zurecht, Frau Severing. Dann machen Sie sich mal einen schönen Abend", flötete Sven in beinah zärtlichem Ton. „Wir schließen schon ab später." Seine Mit-Vorstände schauten sauertöpfisch drein. „Also guter Service ist anders", brach es aus Volker hervor, kaum dass die Severing außer Hörweite war. „Sag ich ja. Find heut mal gutes Personal", nuschelte Berti. „Deshalb brauchen wir ja Landsberg 2.0", versuchte Babette den Zug wieder aufs Gleis zu setzen. Sven wusste es zu schätzen: „So ist es. Der Jürgen sagt, er sieht da drei Arbeitspakete für sein Komitee: Willkommenskultur. Arbeitgeberattraktivität. Mitgliederwachstum." „Also, das ist ja schön, dass der Jürgen das so sieht." Babette war heute auf Krawall gebürstet. „Allerdings wüsste ich nicht, dass es jetzt schon sein Komitee ist. Ich habe ihn jedenfalls nicht bestellt, ihr?" Heftiges Kopfschütteln bei Volker. Berthold düster: „Der Junge soll mir mal beweisen, dass er was taugt. Dann sehen wir weiter." Sven verdrehte innerlich die Augen: „Leute, Leute, Leute – so viel Zeit haben wir nicht. Im Juni ist Mitgliederversammlung. Vorstandswahlen. Bis dahin brauchen wir Ergebnisse. Also lasst uns man froh sein, wenn das überhaupt einer machen will." „Nun, das sehe ich anders". Wieder Babette. „Ich weiß ganz sicher, dass die Ellen den Vorsitz auch will. Und wenn ich mir einen aussuchen dürfte, dann wäre das der Christoph Guldenreiter." Nun war es für Sven an der Zeit, seinen letzten und entscheidenden Trumpf auszuspielen. „Die Ellen ... Top-Frau, Betty. Der Christoph ... Top-Mann. Das sehe ich ganz genauso. Und deshalb hab ich dem Jürgen auch vorgeschlagen, dass die drei zusammen ein Kompetenzteam machen und das Komitee gemeinsam leiten. Wenn der Jürgen dann Primus inter Pares ist – so what?" Nun meldete sich Volker auch mal zu Wort: „Wer ist denn sonst noch so in dem Komitee?" Die Frage schien Sven zu überraschen. „Niemand. Das Kompetenzteam ist das Komitee. Die leiten sich selbst." „Also gut, wenn die Ellen und der Christoph dabei sind ...", lenkte Babette ein. Volker nickte. Berthold kommentierte: „Einigkeit. Aber trotzdem ist das alles doch total behämmert." Sven schaute zufrieden in die Runde, erhob sein Glas und brachte einen Toast aus: „Meine Lieben, auf uns! Politik ist die Kunst des Machbaren." „Mag wohl sein", erwiderte Babette, „aber die Kunst des Machbaren gewinnt keine Wahlen."

Halloween

Thomas Kohler stand am Abschlag der Sechs und packte seinen Driver aus. Nebel lag in Kuhlen und Senken. Die Fairways glitzerten unter silbrigem Taubesatz. Nur der ferne Ruf einer Krähe durchbrach die morgendliche Stille. Mit sattem Knall löste sich der Ball von Thomas' Schlägerblatt, schoss pfeilgerade himmelwärts und landete irgendwo weit, weit vorne in dem ländlichen Idyll. Christoph teete als zweiter auf. Machte einen Probeschwung. Dann peitschte er seinen Pro-V1 in ausladender Rechtskurve in die Binsen. „Mulligan", gähnte er gelangweilt und teete nochmal auf. Diesmal ein Stinger leicht versetzt nach links. Den würde man schon finden. „Sag mal, Chris, warum tust du dir das überhaupt an, diese ganze Kompetenzteam-Schinderei. Bringt das denn was?" Thomas ging geflissentlich über die beiden Fehlschläge des Freundes hinweg. Offensichtlich war der ohnehin nicht bei der Sache. „Ach, weißt du, irgendwas muss man doch machen." Ein starker Satz. Den hatte er sich von Buzz geborgt, Rebel without a cause. Das Hasenfußrennen mit Jim. Thomas retournierte blitzschnell. Bei Filmzitaten konnte man ihm nichts vormachen: „Mein Gott, ich möchte einen Tag erleben, an dem ich nicht ganz durcheinander bin, einen Tag, an dem ich nicht das Gefühl habe, dass ich mich schämen muss. Einmal möchte ich wissen, wo ich zu Hause bin. Landsberg!" Kalt erwischt. Christoph fühlte sich auf unangenehme Weise ertappt. Nicht weil seine Buzz-Nummer so durchschaubar gewesen war. Aber Verwirrung, Scham, Irgendwo-Dazugehören-Wollen – das hatte gesessen. Auch wenn Thomas das sicher nicht so gemeint hatte. Die Wahrheit war: Christoph langweilte sich. Seit Jahrzehnten war das Autohaus Guldenreiter eine Lizenz zum Gelddrucken. Daran würde sich so schnell nichts ändern, da konnte er auch die Hälfte des Jahres auf Ibiza verbringen. Eine Aufgabe war das nicht. Nicht so wie bei Thomas. Gut, der drehte jetzt auch nicht am ganz großen Rad der Sinnstiftung mit seiner plastischen Chirurgie. Aber immer noch besser Botox spritzen als sich immer wieder den einen Satz sagen hören: „Vorhang auf für Ihren Traumwagen." Dazu der ganze Zinnober mit Kunstnebel und Stroboskopgewitter. Das hielt man doch im Kopf nicht aus. Das machte einen ja weich in der Birne auf Dauer. Auch wenn er sich das nicht eingestehen wollte, war Christoph am Ende ganz froh gewesen, als Jürgen ihn wegen des Kompetenzteams angesprochen hatte. Schon das erste Treffen nahm sich ordentlich aus. Sogar bei der Themenverteilung war man sich schnell einig geworden: Ellen Willkommenskultur. Jürgen Mitgliederwachstum. Er Arbeitgeberattraktivität. Warum auch nicht? Er war Arbeitgeber und er war attraktiv. Soweit man das von sich selbst sagen konnte. Also quasi: Experte. Außerdem hatte er Bock auf dieses Halloween-Turnier. Prima Idee. Da würde man schon in der Vorbereitung jede Menge Spaß haben. Mit der Ellen sowieso. „Da ist dein Ball." Thomas zeigte auf einen Steckschuss seitlich im Rough. Allemal spielbar. „Und was ist jetzt mit dir, Tommy, auch dabei an Halloween?" Aber klar war Tommy dabei. So was von dabei. Tommy war immer dabei, wenn irgendwo die Korken knallten. Après-Ski, Silvesterparty, Herrenabend, Golfwochenende – mit Tommy war zu rechnen. Die reinste Stimmungskanone. Das war schon immer so gewesen.

Schmatzend löste sich der Ball aus der Scholle, als Christoph sein 8er-Eisen wie ein Holzfäller darauf niedergehen ließ. „Ist das ein Acker!", stöhnte er, war mit dem Ergebnis aber leidlich zufrieden. „Hast du zuletzt mal in Hefel gespielt? Da läufst du wie auf Gummimatten. Die Fairways Eins-a. Jedes Grün wie mit der Nagelschere geschnitten. Schnell wie Billardtische. Also das muss man den Hefel-Spacken schon lassen. Da haben die echt Qualität." Der Platzzustand war auf Landsberg Dauerthema. Bei Regen tiefster Acker. Bei Sonne brettharte Steppe. Und die Grüns total verwurmt. Da hoben sich so kleine Häufchen aus dem Boden. Wirklich nicht schön anzusehen. Geschweige denn zu bespielen. Alle Hoffnungen ruhten jetzt auf dem neuen Head Greenkeeper: Jakub Adamicz, den hatte Olek klargemacht. Irgendwo kalt abgeworben. Wie der das wohl hinbekommen hatte. Aber Landsberg hatte natürlich immer noch einen Namen, trotz allem. Auf der Kuppe hatten sie endlich Thomas' Ball erreicht. Blitzsauber, Mitte Fairway. Christoph lag etwa gleichauf, aber in schlechter Position. Von da aus würde er das Grün nicht angreifen können, da müsste er schon fünfzehn Meter hoch über die Bäume gehen. Das war nun doch ärgerlich. Aus dem Augenwinkel sah er, wie Thomas seinen Ball erneut perfekt erwischte. Kurzer Schwung. Satter Hieb. Hoher Flug. Butterweiche Landung gleich neben der Fahne. Er selbst hackte in den Boden. Auf der Scorecard schließlich: hier ein Birdie, da ein Triple Bogey, der Mulligan nicht mitgerechnet. Thomas merkte, wie der Freund immer schweigsamer wurde. „Er spricht nicht viel, aber was er sagt, das meint er auch", langte er nochmal tief in die Zitate-Kiste. „Das war Platon", freute sich Christoph. „Nein, Plato. Aber egal. Hauptsache du weißt, was du tust. Also mit deinem Kompetenz-Dingsbums. Ich freu mich jedenfalls auf Halloween."

„Stimmt das mit dem Halloween-Turnier?" Schon die Frage von Bernhardt Spörle bebte vor Empörung. Joseph Engel musterte seinen alten Sportkameraden unter buschigen Augenbrauen.

„Die Ellen macht das. Das weißt du doch, Petz." Den Spitznamen verdankte Spörle nicht etwa seiner bärenhaften Statur, vielmehr dem steten Gebrauch von Petz Kolophonium. Als passionierter Freizeitmusiker nutze er das Geigenharz seit ewigen Zeiten. Petz Spörle: Feingeist. Lutheraner. Kirchenvorstand. Unnötig zu sagen, dass die Verwendung dieses Beinamens nur wenigen im innersten Zirkel vorbehalten war. Joseph Engel gehörte dazu. In gleichen Kreisen selber Tilz genannt, nach dem Hersteller seiner bevorzugten Mundstückbürste. Ein für den ambitionierten Trompeter unerlässliches Utensil, wenngleich immer ein wenig umweht vom Odium des Unappetitlichen. Tilz Engel: Connaisseur. Wagnerianer. Unternehmer. Petz und Tilz sprachen die gleiche Sprache. Seit Jahrzehnten gute Nachbarn in den Breiten Eichen, wo sie auch jetzt im Engelschen Gartensalon bei einer Flasche Fränkischem beisammensaßen. Waren als Kameraden durch Dick und Dünn gegangen. Wobei Dünn in beider Lebenslauf eher eine Randnotiz geblieben war. Doch hier waren sie einmal unterschiedlicher Meinung. „Also Tilz, du weißt, wie sehr ich die Ellen schätze. Ist ja von klein auf bei Maria und mir ein- und ausgegangen. Aber eines muss ich dir mal sagen. Das ist eine ganz, ganz böse Geschichte." Tilz reckte einen knochigen Finger in die Höhe und wedelte damit vor Petz' Gesicht herum. „Kindereien, Petz. Keine große Sache."
„Eine ganz böse Geschichte", echote Petz. Tilz war schon klar, was gemeint war: Halloween. Das war natürlich ein rotes Tuch für den greisen Presbyter. Der 31. Oktober war Reformationstag! Im Hause Spörle eine große Sache: Da gab es Reformationsbrötchen, die wurden schon vor dem Mauerfall extra aus Leipzig herangeschafft. Symbol der Lutherrose. Einmal hatte man versucht, den lästigen Frachtweg zu verkürzen und einen ortsansässigen Bäcker beauftragt. Der Dummbeutel hatte das Back-

werk mit nur vier Blättern ausgefertigt. Nach reiner Lehre mussten es fünf sein. Petz, darin durchaus orthodox, hatte keinen Bissen angerührt. Der unbotmäßige Konditor bekam einen geharnischten Brief, Maria Spörle strikte Order, nie wieder da einzukaufen. Auch nicht das kleinste Stückchen Streuselkuchen. Auf der abendlichen Tafel brannten rote Kerzen. Es gab Brotknödel und Luthers Leibspeise: Dreierlei Fleisch. Und diesem Mann wollte man nun mit Halloween kommen? Süßes oder Saures? Nur über seine Leiche! „Also, Petz, ich sprech' nochmal mit der Kleinen. Aber du weißt ja: Blut ist dicker als Wasser. Wenn die Ellen darauf besteht, werde ich bestimmt nicht den Stab über sie brechen." „Eine ganz böse Geschichte, Tilz. Eine ganz böse Geschichte." Statt einen Themenwechsel zu versuchen, drehte Tilz einfach Bruckners Fünfte lauter und schenkte seinem alten Spezi aus dem Bocksbeutel nach. Dann schauten beide für lange Zeit schweigend ins Leere. Was es da bloß zu sehen gab?

Hoffentlich nicht, was sich gerade wenige Kilometer von Breite Eichen entfernt auf der Terrasse von Gut Landsberg zutrug. Da saßen just in diesem Moment Ellen, Jürgen und Christoph ebenfalls bei einem Schoppen beisammen. Es wurden Pläne geschmiedet. Thema war natürlich auch hier das unselige Halloween-Turnier. Für jedes der neun Löcher hatten die drei unterschiedliche „audio-visuelle Erlebniswelten" ersonnen, wie Jürgen das nannte. An der Eins: Tanz der Vampire. An der Zwei: Marsch der Zombies. Die Drei: Ruf der Harpyie. Und so weiter. Anmeldungen gab es schon zuhauf. Keine 24 Stunden, nachdem die Ankündigung raus war, zählte Clubsekretärin Anna-Lena Posch bereits 36 Zusagen. Und stündlich wurden es mehr. Ein gelebtes Stück Willkommenskultur, wie Ellen fand. Wir schaffen das. Auch Jürgen hatte nicht lange gefackelt und – gesagt, getan – gleich mit seiner Eventagentur Kontakt aufgenommen. E in Motion. Wenn die das mal nicht vergeigen würden. Ellen blieb skeptisch. In Sachen Emotionalisierung traute sie Christoph einfach mehr zu. Autos waren halt doch eine ganz andere Nummer als so doofe Roller. Sie selber hatte mal einen Bentley im Salon Guldenreiter entgegengenommen. Mein lieber Scholli, war das ein Spektakel! So mit Nebel und Blitzen und Champagner ohne Ende. Sie wusste gar nicht, wie sie die Karre hinterher nach Hause bekommen hatte. Auf jeden Fall wollte sie so was auch für ihren Friedhof der Kuscheltiere auf der Sieben. Nebel. Blitze. Ein bisschen mit verzerrten Stimmen arbeiten. Alle waren sie ganz aufgeregt und voll bei der Sache. Christoph wies mit ausgreifenden Armbewegungen bald hierhin, bald dorthin, um plastisch vor Augen zu stellen, wie er sich das mit der Hexenküche vorgestellt hatte. „Also, hier kommen Austernbar und Fingerfood hin. Wer es deftiger mag, findet da drüben Suppenkanone und Grillstation. Und weiter rum geht's dann zum Dessertzauber." Darüber war nun auch Jürgen entflammt: „Und Fackeln. Ich will Fackeln! Überall Fackeln!"

Weil das alles ein hübsches Sümmchen kosten würde, hatte Ellen angeregt, sich rechtzeitig auch zu Sponsoring-Paketen und Loch-Partnerschaften Gedanken zu machen. Tatsächlich entwickelte sich das zu einer ziemlichen Erfolgsgeschichte. Die Erlebniswelt Loch Vier finanzierte sich so faktisch selbst: Die brennende Mumie präsentierte Sanitätshaus Clausen. Für die Acht legte ein Neumitglied einen vierstelligen Betrag auf den Tisch, um im Tal der Spinnen Versicherungspolicen zu bewerben. Und für die Neun hatte Markus zwar kein Geld zugesagt, wohl aber, seine Bagger in so einer Art Jurassic Park-Manier zu drapieren.

Kurz: Die ganze Sache nahm ordentlich Fahrt auf. Beredtes Zeugnis exzellenter Arbeit und der ausgewiesenen Klasse des Kompetenzteams. Natürlich gab es auch Neider. Heckenschützen und Halloween-Verweigerer. Damit würde man umgehen müssen. Willkommenskultur war nichts für Schönwetterkapitäne. Da würde man jeden Einzelnen abholen müssen. Schon bei den Kleinsten anfangen. Ellen hatte die komplette Vereinsjugend in die Produktion von Pappmaché-Grabsteinen einbinden wollen. Unter Anleitung von Joshua und Amelie. Die sollten sich mal früh daran gewöhnen, was es heißt, Verantwortung zu übernehmen. Da wollte sie schon auch ein Zeichen setzen. Auf einer Runde vor wenigen Wochen mit Henriette Plock, hatte sie sich lang und breit anhören müssen, zu welcher Geistesgröße der jüngste Plock gerade an der St Leonards School heranreifte. Welche wertvollen Erfahrungen sein älterer Bruder während eines Auslandsjahrs in Neuseeland sammelte. Und wie beider Schwester da drüben in Baton Rouge, Louisiana unaufhaltsam die Karriereleiter bei KPMG emporstrebte. Wie auch sonst unzählige weitere Plock-Cousins und -Cousinen rund um den Globus Herausragendes schufen, leisteten und erwirtschafteten. Irgendwann hatte Ellen ermattet, mehr höflich als beeindruckt, eingeworfen, da könne sie sich aber glücklich schätzen mit solcher Brut. „Glück?", hatte die Plock kühl zurückgegeben, „Mit Glück hat das nichts zu tun. Bei der Familie haben die gar keine andere Chance als erfolgreich zu sein." Blöde Kuh. Ellen war stinksauer gewesen. Diese ganze Wohlstandsverwahrlosung. Gucken, dass man die Kinder aus den Füßen hatte und dann einen auf Übermensch machen. Mit wem meinte die denn, dass sie es zu tun hatte? Mit Lieschen vom Lande? Der würde sie mal zeigen, was engagierte Elternschaft vermochte. Da kamen die Halloween-Vorbereitungen gerade recht. Gleichwohl hatte die Meute maulender Mütter nicht recht mitspielen wollen. Keine Zeit. Keine Lust. Keine Nerven. Am Ende lastete die Grabsteinproduktion allein auf Ellens Schultern. Joshua und Amelie nicht eingerechnet. Es war Jürgen, der sie aus dem kurzen Anflug trüber Gedanken riss. „Hör mal Ellen, der Spörle war doch früher Vorstand bei Rheinmetall. Kann der uns nicht ein Amphibienfahrzeug für den Tränenweiher und ein bisschen Leuchtmunition besorgen?" Jürgen wusste, wie eng die Familien Engel und Spörle verbandelt waren. „Du, Jürgen, ich glaube, das ist keine so gute Idee". Das Thema Onkel Spörli war ein ganz heißes Eisen. An dem Frontabschnitt würde Grandpa Joseph für Ruhe sorgen müssen. Petz und Tilz. Was hatte sie sich nicht schon amüsiert über das skurrile Duo. Nie respektlos. Immer voller Hochachtung. Aber wie sich einer freiwillig Tilz rufen lassen konnte, wollte ihr einfach nicht in den Kopf. Zu ihren frühen Kindheitserinnerungen zählte ein noch deutlich jüngerer Grandpa Joseph, der zur Familienweihnacht die Trompete blies: *Ein' große Freud verkünd' ich euch.* Schon morgens nach dem Frühstück hatte er unermüdlich zu üben begonnen. Grandpa Joseph: Trompeter. Familienmensch. Perfektionist. Beim abendlichen Vorspiel dann, unter festlich geschmücktem Weihnachtsbaum, die Töne plötzlich dünn und kläglich. Vor aller Augen befingerte Joseph die Wasserklappe seines Instruments und blies tonlos in das Mundstück. Herausgeflossen kam ein gelblicher Brei aus Speichel und zerkauten Frühstücksresten. Der reinste Horror. Seelenruhig setzte Grandpa die Trompete wieder an die Lippen und weiter ging's: *Es wird scho glei dumpa.* Eins seiner Renommierstücke. An diesem Abend hatte sie zum ersten und letzten Mal die Tilz'sche Mundstückbürste im Einsatz gesehen. Das wollte sie nicht ein zweites Mal erleben.

Rita war bedient. Restlos bedient. Als ob man nicht schon genug um die Ohren hätte. Jetzt hatte Markus auch noch versprochen das Bagger-Desaster an der Neun in so eine Art Disneyland-Spektakel zu verwandeln. Ja, ging es noch? Und dann diese fragwürdigen Wettgeschichten. Auf die kurze Phase mit den Rubbellosen folgte schnell ein toxischer Cocktail aus Lotto 6 aus 49, Spiel 77, Super 6, Eurolotto und Glücksspirale. Gemütsaufhellend war das nicht. Schon am vergangenen Samstag war ihr der Kragen geplatzt. An so was wie Mittwochslotto hatte sie da noch gar nicht gedacht. Am Kühlschrank heftete ein Spielschein mit zwölf Tippreihen. Zwölf! „Lass doch mal die blöde Lotto-Spielerei, Kus-Kus, das kostet ja ein Vermögen!“ Kus-Kus nannte sie Markus in den ernsteren Momenten des Lebens. Wenn Mayonnaisebärchen unpassend schien. Kus wie in Markus, nicht wie Couscous. Den mochte Rita nicht. Genauso wenig wie jetzt die Sache mit den Baggern. „Das ist ein Klacks, Baby“, beschwichtigte Markus, „ein bisschen Segeltuch, ein bisschen Farbe – wart mal ab, das wird alles ganz toll.“ Bestimmt. Jetzt mussten sie erstmal zum Baustoffhandel, Material kaufen. Hoffentlich hatten die schon ihr Konto gesperrt, dann wär ganz schnell Schluss mit Mimikry. „Sag doch einfach mal nein, Kus-Kus, einfach mal Nein sagen. *Say it loud, say it clear* – das war doch dein Motto, oder?“ Markus’ Brillengläser fingen an zu beschlagen. Da tat er ihr schon wieder leid. Sie spürte einen richtigen Kloß im Hals. So ein Glaskinn, ihr Markus. Zum Verzweifeln. Aber andererseits wollte sie ihn gar nicht anders. „Also gut, wir kriegen das schon hin. Lass uns Dinosaurierkostüme für Bagger kaufen. Da hab ich so richtig Lust drauf.“ Auf Markus Gesicht brach hell die Sonne durch. Schnell wischte er sich mit dem Handrücken eine Träne von der Wange. Am Baumarkt angekommen machte Markus zunächst keine Anstalten, das Auto zu verlassen. Er wandte sich Rita zu und sagte ganz ruhig: „Wenn jetzt nicht noch ein Wunder geschieht, können wir das Haus verkaufen. Alles geht den Bach runter." Rita nickte ihm aufmunternd zu: „Ich weiß. Ich mach die Buchführung." Beide lachten. Er nahm ihre Hand, drückte sie und strahlte sie plötzlich an: „Weißt du was, Baby, scheiß aufs Geld, jetzt werden wir uns mal ordentlich verwöhnen. Heute Abend gehen wir ins Koch & Kellner." Rita war glücklich.

Das Koch & Kellner. Wenn jemand neu war in Isenberg und wissen wollte, wo man denn hier mal so richtig nett essen gehen konnte, dann war das der Name, der fiel. Das KuK. Mordsküche. Mordsspektakel. Sehen und gesehen werden. Die Köche kellnerten. Die Kellner kochten. Kochkellnerten Dinge wie Tafelspitzsülze, fermentierte Pastinake und Schmand. Oktopus, gerösteter Blumenkohl und Apfel. Oder Teriyaki-Ente, kandierter Holunder und Salzgurke. Und so weiter und so fort. Dazu erlesene Weine kenntnisreich zusammengestellt und präsentiert. So ließ es sich leben! Rita und Markus saßen mittendrin in dem pickepacke vollen Gourmettempel und genossen ihren Abend in vollen Zügen. „Unsere Henkersmahlzeit", hatte Markus gescherzt, als einer der Kochkellner sie zu ihrem Tisch geleitete. In einer anderen Ecke des Raumes hatten sie Ellen und Marijn Vermeer entdeckt, gemeinsam mit Ellens Eltern Heidrun und Johann Engel. Überraschtes Grüßen, kurzer Austausch von Höflichkeiten, helles Auflachen. Seitliches Abdrehen. Gut, dass ihre Tische ein ordentliches Stück auseinander lagen. Das hätte einem gerade noch gefehlt, den Engels hier den ganzen Abend auf die Teller zu gucken. So aber: à la bonne heure. Die Speisenfolge enttäuschte nicht. Ihre Unterhaltung perlte wie Champagner. Vergessen die Mühen des Tages und die Trübsal prekärer Lage.

Als sie wohl so den achten Gang erreicht hatten, geschmorte Karotte, Zwergpomeranze und rote Donaunuss, wurden sie ungewollt Zeugen einer lautstark geführten Unterhaltung am Nebentisch. Leise sprechen ging bei dem allgemeinen Geräuschpegel nicht. Sie bekamen nur einzelne Fetzen der Konversation mit, aber doch genug, um folgen zu können: „... von Schnakenbeck-Sondheim ... Gut Landsberg ... alles versoffen ... total durch ... nicht pleite, pleitissimo ... verkaufen ... Wasser bis zum Hals ... Golfheinis ... wenn die Bombe platzt ...“ Rita und Markus naschten von ihren Zwergpomeranzen – köstlich – und warfen sich über ihre Gabeln hinweg vielsagende Blicke zu. *You'll never walk alone*.

Marijn hatte so gar keine Lust auf den Abend mit Ellens Eltern. Er fand die beiden doch arg droog. Wer wollte es ihm verdenken. Johann Engel kannte nur ein Thema: Pferdezucht. Das ist nicht jedermanns Sache. Beisammenzuhocken mit einem, der den ganzen Abend darüber redet, wie er es anstellt, den passenden Deckhengst für seine Stuten zu finden. Beschälung. Natursprung. Gefriersperma. Besamungsschein. Das waren Worte, die Marijn gar nicht kennen wollte. Einmal abgesehen von equinen Genitalien hatte Johann Engel nicht viel übrig für Sackmaschinen und Füllsysteme. Auch wenn das doch sein Lebenszweck war. Die Engel Werke. Hidden Champion über Generationen. Mal mehr, mal weniger im Verborgenen, aber immer gut im Geschäft. Johanns Vater und Vorgänger Joseph Engel, der war aus einem anderen Holz geschnitzt. So ein richtiger Haudegen war der gewesen zu seiner Zeit. Expansion. Internationalisierung. Immer voran. Hipp, Hipp, Hurra! Marijn mochte ihn. Ellen liebte ihn. Johann litt ihn. Als Sohn hatte er nie genügt. Als Unternehmer ohnehin nicht. Für die Engel Werke folgten Jahre des

Haderns, Zauderns und Stagnierens. Ellen hatte von ihrem Großvater das Zeug zur Unternehmerin geerbt. Von ihrem Vater das Desinteresse an Sackmaschinen und Füllsystemen. Wie gut, dass es den Marijn gab. Der konnte das eine mit dem anderen verbinden. Also folgte er seinem Schwiegervater an der Unternehmensspitze nach. Seither hatte der noch mehr Zeit und Muße zum Studium von Equidenpässen. Heidrun Engel wiederum war so meinungslos unauffällig, dass „Ich seh' das wie Johann" für Ellen und Marijn längst zum geflügelten Wort geworden war. Ellen konnte darüber richtig in Rage geraten. Im Koch & Kellner hatte es dafür keine zwanzig Minuten gebraucht. „Und Mama, wie geht es euch so?" „Ja, wie soll es uns gehen? Frag doch mal deinen Vater, wie es uns geht." Da war Ellens Lunte schon ziemlich kurz. Dann, bei Durchsicht der Speisenfolge: „Johann, mögen wir das?" Ellen ballte die Hände zu Fäusten und trat Marijn heftig unter dem Tisch. Die Explosion folgte bei Foie gras, mazerierte Honigwabe und Artischocke. „Das sieht ja gut aus", hatte Ellen noch nicht ganz ausgesprochen, da kam schon das Echo von anderer Tischseite: „Sieht das gut aus, Johann?" Hier wäre der gemeinsame Abend zweifellos beendet gewesen, hätte Marijn nicht blitzschnell und in größter Geistesgegenwart reagiert: „Ellen maakt jetzt diese Commissie voor de Landsberg. Zeg, weet je dat?" Man wusste nicht. Ellen schluckte ihren Ärger runter und berichtete ausführlich von Zukunft, von Perspektiven und von ihren Plänen für Halloween. „Schön, mein Ellielein", freute sich Johann aufrichtig, „Vier Generationen Engel für Landsberg. Das ist mal was." In den fünf Jahren, da er selbst sich, wie er zu sagen pflegte, „in die Pflicht genommen hatte für den Verein", hatte er seinen eigentlichen Plan nicht recht ins Werk setzen können. „Ich wollte aus Landsberg damals einen echten Golf & Country Club machen", ging eine oft gehörte Erzählung. Echt stand darin für die Wiederinbetriebnahme der alten Stallungen. An die Stelle einstiger Kaltblüter war längst das schwere Gerät der Greenkeeper getreten. Sehr zu Johanns Leidwesen. „Bis heute eine gute Idee, Ellen, denk mal darüber nach", nickte er seiner Tochter nachdenklich zu. „Damals hat ja dein Onkel Spörli höchstpersönlich auf der Bremse gestanden. Ja ja, der Petz. Aber Schwamm drüber." In dem Moment sah Ellen Markus und Rita hinter der riesenhaften Tony Cragg-Plastik hervortreten, die die Mitte des kolossalen Raumes beherrschte. Überraschtes Grüßen, kurzer Austausch von Höflichkeiten, helles Auflachen. Seitliches Abdrehen. Gut, dass ihre Tische ein ordentliches Stück auseinander lagen. Das hätte einem gerade noch gefehlt, den Brockmanns hier den ganzen Abend auf die Teller zu gucken. „Den Markus, den hast du ja schon in der Grundschule mit zum Essen nach Hause gebracht", erinnerte sich Ellens Vater, „das haben die Mama und ich nicht so gern gesehen. Also ein Benehmen hat der gehabt!" „Der hatte ja wirklich gar kein Benehmen", meldete sich Heidrun jetzt auch mal wieder zu Wort. „Ja, die Gabel immer so in der Faust und geschaufelt wie ein Berserker." „Danke und Bitte kannte der auch nicht", das war jetzt wieder Heidrun. Richtig gesprächig war die heute. Johann und Heidrun. Ein Herz und eine Seele. Da setzte er gleich nochmal nach. „Ist das besser geworden? Ich meine, das geht mich zwar nichts an. Aber zu meiner Zeit wäre der auf Landsberg nicht mal als Türsteher genommen worden." „Na, dann ist ja gut, dass wir keine Türsteher mehr brauchen, Papa." Ellen kam jetzt wieder auf Betriebstemperatur. „Im Übrigen ist der Markus nicht nur ein netter Kerl, er macht mit seiner Firma auch die ganze Platzentwässerung. Und zahlt dabei noch drauf." „Ja, da warten wir mal ab, wie weit der mit seinen Baggern noch kommt. Man hört ja doch so einiges."

Heidrun: „Ja, so einiges." „Ja, so einiges, Mama", fuhr Ellen ihre Mutter an. Das machte kaum Aufhebens, dafür war es um sie herum zu laut. „Ich höre so einiges über alte Snobs, die sind so vernagelt, die beißen selbst noch die Hand, die sie füttert." Das war jetzt ganz nach Marijns Geschmack. Als Freiheitskämpferin konnte ihm seine Frau gut gefallen. „Wunderbar, liefje. Laat je de kaas niet van het brood eten", lachte er. „Keine Angst, mein Bester", lenkte Johann nicht ohne Vaterstolz ein, „das wird im Leben nicht passieren. Da schlägt sie ganz nach ihrem Großvater" „Das nehme ich als Kompliment", beruhigte sich Ellen wieder, „so helle wie Grandpa möchte ich mit über neunzig auch noch sein. Und jetzt gebt ihr mir ein Versprechen: Ihr helft mir, Landsberg zukunftsfest und enkelfähig zu machen. Für Joshua und Amelie." Heidrun schaute verstohlen zu ihrem Mann hinüber, ob man das Versprechen wohl geben könne. Der lachte nur schallend und sagte: „Ach, weißt du, mein Ellielein, solang Landsberg den Schnakenbeck-Sondheims gehört, solang wird es auch unseren Club geben. Das ist mal so sicher wie das Amen in der Kirche." Dann wandte sich das Gespräch anderen Dingen zu. Der Kellnerkoch servierte Büffelmilchespuma, geeistes Limoncello und Blütenpollen.

Zwei Tage später saß Ellen in den Breiten Eichen mit Grandpa Joseph bei Kaffee und Siegfried-Idyll. Nur wenige kannten wie Joseph Engel den Originaltitel des Stückes von 1870: *Tribschener Idyll mit Fidi-Vogelgesang und Orange-Sonnenaufgang, als symphonischer Geburtstagsgruss. Seiner Cosima dargebracht von ihrem Richard.* Was Joseph Engel seiner Ellie darbrachte, war freilich die von Glenn Gould eingespielte Orchesterfassung. Des Meisters erste Aufnahme als Dirigent. Seine letzte zu Lebzeiten. Schon das gab der Kaffeetafel eine morbide Note. „Wenn du mir sagst, ich soll das nicht machen, Grandpa, dann mach ich das auch nicht", meinte Ellen gerade und streichelte des Alten welke Hand. Der war sichtlich gerührt. „Weißt du, Ellie, ich bin mir da nicht sicher, ob es eine gute Idee ist, dass du was lässt, nur um deinem Onkel Spörli nachzugeben. Er und ich, wir haben unsere Zeit gehabt." Meine Güte, war das anrührend. Ellen musste sich schnäuzen. „Ich will nur nicht, dass du was tust, das dir schadet. Und wenn mir der liebe Gott noch einen letzten Wunsch erfüllt, dann möge es sein, dich in meiner Nachfolge in Landsberg zu erleben." Nichts wollte Ellen lieber, als ihrem Großvater diesen Wunsch zu erfüllen. Auch wenn sie nicht der liebe Gott war. Und wenn dieses unselige Turnier nun zwischen ihr und diesem Ziel stünde, so wusste sie, wie sie sich zu entscheiden hatte. „Ich sag die Sache ab, Grandpa. Das ist alles etwas außer Kontrolle geraten, seit der Jürgen Driewer da mit seiner Agentur ein Riesenbrimborium veranstaltet." Joseph Engel horchte auf: „Ach, das war die Idee von diesem Heini mit seinen elektrischen Rollern?" „Nein, das Turnier war meine Idee. Aber mehr so in der selbstgebastelten Variante. Was eben so geht mit ein bisschen Pappmaché, ein paar Kürbissen." Die Grabsteinproduktion ließ Ellen instinktiv unerwähnt. „Eigentlich sollte das ganze Turnier eher so eine Art Erntedank-Geschichte werden. Aber jetzt …" Urplötzlich reckte Grandpa Joseph seine knochige Rechte mit erhobenem Zeigefinger in die Höhe. Stille heischend und mit leicht verklärtem Blick saß er da und folgte dem Fortgang der Musik. Dann, ganz zurück im Hier und Jetzt, wandte er sich wieder Ellen zu. „Das war der Übergang Takt 372 zu 373. Gould wäre daran fast verzweifelt. Der größte Kraftakt seines Lebens. Das Metaphysische. Scheinbar unspielbar. Seine Besessenheit aber war so groß, dass er am Ende so gar noch ein paar Noten dazu komponiert hat. Natürlich nur für die Klavierfassung, hier nicht zu hören, das Orchester hat sich geweigert, diese Saubande."

„Ich glaube, ich verstehe nicht ...", machte Ellen sich bemerkbar. „Was gibt es da nicht zu verstehen? Am Ende hat Gould gesiegt, Ellen. Mit ein paar Noten hat er das Überwältigende bei Wagner in nichts als Leichtigkeit aufgelöst." Grandpa Joseph war so ein brillanter Kopf. Ellen hätte ihn küssen mögen. Sie tat es auch. Jürgen: Weinumrankter Dionysios. Sie: Ährenbekränzte Demeter. Nur ein paar Noten brauchte es noch dazu. Preiset den Herrn! Erntedank.

„Erntedank?" Jürgen war fassungslos. Christoph amüsiert. „Sag mal, geht es noch? Wir machen hier doch keinen Kirchentag!" Jürgens Empörung war nur zu verständlich. Noch drei Wochen bis Halloween und er hatte E in Motion ordentlich eingeheizt, Himmel und Hölle in Bewegung zu setzen, um den Termin zu halten. Die Vorbereitungen liefen auf Hochtouren. „Und deine Grabsteine?", schrie er mehr, als dass er fragte. „Steintafeln", improvisierte Ellen, „waren die zehn Gebote auch". So ging das nicht. So konnte man doch nicht arbeiten! Er würde ja auch nicht kurz vor IPO so mir nichts, dir nichts von Scootern auf Schwerlasttransporter umrüsten. Das Argument überzeugte Ellen nicht. „Dann stimmen wir ab", griff Jürgen nach dem letzten Strohhalm. Er war dafür. Ellen dagegen. Christoph enthielt sich. „So, ich bin der Vorsitzende, bei Stimmgleichheit hab ich das letzte Wort." Die Sache war entschieden. „Ach, Manno ...", murrte Ellen halbherzig. Hartnäckiger Protest ging anders. In Gesprächen aber hing sie ihrer Idee vom Goldähren-Cup noch für eine ganze Weile und zu jedem Anlass nach. „Diese grässliche Amerikanisierung. Ich wollte ja so ein richtig schönes Erntefest, aber der Jürgen ..." Ja, der Jürgen, der konnte einem schon leid tun.

Der große Tag zog mit pompösem Orange-Sonnenaufgang und Fidi-Vogelgesang herauf. Goldenes Licht über Landsberger Auen. Gegen 11.00 Uhr donnerte Jürgen mit dem Golf Cart über die morsche Holzbrücke, die über den Bachlauf führte und hinauf zum Grün von Loch Zwei. Der Marsch der Zombies war hier gerade im Werden. Eine Handvoll Männer in E-in-Motion-Overalls verdrahtete, verschraubte und verschaltete, was bei Einbruch der Dunkelheit eine brüllende Horde Untoter werden sollte. Gerade waren die Soundeffekte dran: „Uhaha, wir kommen dich holen …" Immer etwas ernüchternd, so ein Blick hinter die Kulissen. „Alles klar, Männer?", erkundigte sich Jürgen im Vorbeirollen. Daumen wurden nach oben gereckt. „Uhaha, wir kommen dich holen …" und schon ging es weiter in wilder Fahrt der Drei entgegen. „Wie sieht es aus, Leute?" Auch hier professionelle Betriebsamkeit beim Aufrichten einer übermannshohen Vogelfigur mit weiblichem Antlitz. Aus dem zum O geformten Mund stoben in regelmäßigen Abständen zischende Nebelschwaden. Haken dran. Und weg war Jürgen. Er genoss seine kleine Kontrollrunde. Alles im grünen Bereich. Punsch-Ausschank an der Vier. Nearest to the Ghost an der Fünf. An der Sechs ein etwas müder Seitenhieb auf Hefel: Willkommen an Loch Hex. Dazu wuselige Hefelzwerge in Neon. Naja. Ellens Friedhofsidee an der Sieben dagegen war ein echter Hingucker. Tadellos. Ein Meer von Grabsteinen, umstellt von Wachslichtern. Inschriften wie „Bogeyman", „Fore" oder „Letztes Loch". An einer Stelle ragte eine blanke Knochenhand aus dem Boden, reckte trotzig eine Schlägerhaube in die Höhe. Ganz wunderbar. Dahinter ging es ins Tal der Spinnen, wo eine ganze Armada der mechanischen Viecher wie Jojos von den Bäumen hing. Nur die Bagger-Echsen an der Neun wirkten ein wenig DIY. Da würde man mit Licht nachhelfen müssen, um den Standard bis zum Ende hochzuhalten. Jürgen nahm das auf seine Liste.

Zurück am Clubhaus sprang er aus dem Wagen und gesellte sich zu Babette Wieler und Christoph. Er fand die beiden in ein hitziges Gespräch vertieft. Auf der Terrasse hinter ihnen nahm nun auch die Hexenküche Gestalt an. „Das ist doch Blödsinn", war das erste, das er Christoph sagen hörte. „Ist es nicht", erwiderte Babette bestimmt, „ihr müsst schon Rücksicht nehmen, wessen Gefühle ihr da verletzt." „Meine?", schaltete sich Jürgen unbekümmert ein. „Wohl kaum", feixte Christoph und begrüßte ihn mit High five. „Dafür fehlen dir gut hundert Jahre an Lebensalter und -erfahrung." Okay, es ging mal wieder um die Fraktion Abendfrieden. „Du musst das nicht ins Lächerliche ziehen, Christoph", hielt Babette dagegen, „nicht jeder findet es lustig, wenn er mitten auf der Runde plötzlich auf einem verdammten Friedhof steht." „Irgendwann fahren wir alle in die Grube", warf Jürgen erheitert ein. Babette konnte darüber nicht lachen. Mehrere Beschwerden waren beim Vorstand eingegangen: Geschmacklos. Haltlos. Stillos. Gottlos. Die volle Bandbreite. „Meine Güte, das ist doch nur Halloween", versuchte es Christoph erneut. „Wie man's nimmt. Manche sagen, es ist Reformationstag." „Wer sagt das?" Das war natürlich eine rhetorische Frage. Christoph kannte die Antwort bereits. Jürgen nicht. Dafür war er noch nicht lang genug dabei. Außerdem hörte er das mit diesem Reformhaustag zum ersten Mal. „Also … wer?", wiederholte Christoph mit einiger Dringlichkeit. „Spörle", sagte Babette. „Aha", triumphierte Christoph. „Aber er ist nicht der einzige", schob Babette schnell nach. Was sie verschwieg: Sämtliche Eingaben kamen aus dem Kreis der Spörl'schen Mittwochsrunde. Skatbrüder. Petz-Vertraute. Das waren Ränkespiele, die Jürgen so gar nicht interessierten. Mehr Kürbisse, notierte er gedanklich auf seine Liste. Die Hexenküche machte noch wenig her. Da würde man dran denken müssen. Christoph sprach jetzt ganz ruhig und mit aufreizend geduldiger Stimme: „Hör mal, Babette. Wie ich das sehe, haben wir nach letztem Stand gut achtzig Anmeldungen. Achtzig: Klein. Groß. Jung. Alt. Sie alle freuen sich auf einen netten Abend. Ein bisschen Golf. Ein bisschen Grusel. Lecker Essen. Und das eine oder andere Getränk." „Bis hierhin ist ja auch alles prima", nickte Babette. „Okay, sind wir uns auch einig darin, dass ein kleines Grüppchen Hochbetagter, nicht achtzig an der Zahl, aber alle deutlich jenseits davon an Jahren", hier machte Christoph eine Kunstpause, ließ das Gesagte wirken, „... dass also ein solches Grüppchen Hochbetagter nicht über die berechtigten Interessen einer Mehrheit bestimmen sollte?" „Niemand will, dass ihr das Halloween-Turnier absagt, Christoph. Alles, was ich sage, ist, dass ihr nochmal über den Friedhof nachdenken solltet." Jürgen merkte, wie Christoph langsam ins Wanken geriet. Da musste er dazwischen gehen. „Betty, Betty, Betty, nun mal langsam. Ich habe euch versprochen, das mit dem Zukunftskomitee zu übernehmen." Was wird das hier, dachte Christoph, wollte der Jürgen jetzt einen auf dicke Hose machen? „Der Christoph, die Ellen und ich, wir sind ein Hammer Team. Ich habe E in Motion an Bord geholt, damit das hier mal nicht so auf Hobbyniveau läuft, sondern ein Ding wird, an das sich die Leute noch in Jahren erinnern. Jetzt brauchen wir mal Vertrauensvorschuss!" Er suchte kurz nach dem Wort, das er auch in Investorengesprächen immer so gerne benutzte: „Wir brauchen Beinfreiheit!" Babette guckte Christoph an. Christoph guckte Babette an. „Naja, wenn du Beinfreiheit willst, bitte", versetzte Babette kühl, „aber sag hinterher nicht, ich hätte euch nicht gewarnt." Natürlich hatte Babette recht, das war Christoph sofort klar. Der Friedhof war harter Tobak.

Bernhardt Spörle nahm einen Bissen von dem feinen Hefegebäck mit einem Klacks Erdbeerkonfitüre und spülte ihn mit einem Schluck aromatischem Kaffee herunter. Köstlich. Über den Frühstückstisch hinweg strahlte er seine Maria an. „Wie du das immer hinbekommst, Musch." Gemeint waren die wunderbaren Reformationsbrötchen aus der Bäckerei Wenzel in Leipzig. Duftfrisch auf dem Tisch in den Breiten Eichen in Isenberg. Rote Kerzen, weißes Tischtuch, Damastservietten. Festtagsstimmung in der etwas in die Jahre gekommen Industriellenvilla. Maria „Musch" Spörle legte das Kinn in die Hand und betrachtete ihren Ehemann nachdenklich. Was war er alt geworden. Sie auch. Beide nun über sechzig Jahre miteinander verheiratet. Überwiegend gute Jahre. Finanzielle Sorgen waren ihnen zeitlebens erspart geblieben. Die Kinder alle gesund, standen selbst schon mitten im Leben, schauten ab und an vorbei. Freunde auch. Aber das wurde doch merklich weniger. Die meisten weggestorben. Andere hatte Bernhardt verprellt mit seiner zuweilen brüsken Art. Sonderlich war er geworden mit den Jahren. Sein Glaube eine immer festere Burg, Festung, Wehranlage. „Kannst du mir mal den Luther reichen?"

„Was?" „Die Butter, Musch." Sie verscheuchte ihre Grübeleien und schob ihrem Mann die Butterdose hinüber. „Wenn du jetzt ganz satt und rund bist, musst du mir aber auch mit der Geige aufspielen." Von allen Traditionen, die im Hause Spörle gepflegt wurden, war ihr die Festtagsmusik schon immer die liebste gewesen. Und Petz konnte spielen. Leider auch dozieren. „Die Musica, liebe Musch, die Musica, das ist ein herrlich und göttlich Geschenk und Gabe, welcher ganz Feind ist der Teufel, denn der Teufel erharret der Musica nicht gern."

„Ja ja, Petzel, du und dein Doktor Luther. Ich werd noch ganz narrisch." Maria hatte das so dahingesagt. Aber ein Körnchen Wahrheit lag schon darin. Luther hier, Luther da. Hat dies gesagt. Hat jenes gesagt. Irgendwann müssten ihm doch mal die Zitate ausgehen. War aber nicht so. Luther. Das war ein unerschöpflicher Brunnen. Der hatte noch zu jeder Lebenslage was zu sagen gehabt. Nicht, dass sie selbst keine überzeugte Protestantin gewesen wäre. Aber irgendwann war auch mal gut. Und jetzt noch das Aufheben um dieses Halloween-Turnier in ihrem Club. Maria wusste, was Bernhardt nicht wusste: dass ihre eigenen Urenkel längst schon auf Süßes oder Saures um die Häuser zogen. Ein wohlgehütetes Geheimnis im Hause Spörle. So ein Humbug. Sollten die Kleinen doch ihren Spaß haben. Aber da war an den Bernhardt kein Rankommen. Zum Neunzigsten hatten ihm die Kinder Luther-Barett und -Robe geschenkt. Bernhardt war die Ironie verborgen geblieben. Gefreut wie ein Kind hatte er sich, die seltsame Kostümierung sogar bei verschiedenen Gelegenheiten übergeworfen. „Wollen mal sehen, womit wir dir eine Freude machen können, mein Musch", sagte Bernhardt, wischte sich die Reformationskrumen aus den Mundwinkeln und erhob sich ächzend aus seinem Stuhl. Aus dem blauen Salon holte er den abgewetzten Kasten mit seiner Mittenwalder Meistergeige. Eine Anton Jais von 1810. Reformationstag hin oder her, heute würde er ihr mal was Modernes spielen. Musch liebte Fritz Kreisler. Bernhardt entschied sich für *Caprice Viennois*. In die Darbietung legte er einigen Schmelz. Auch wenn die schnellen Passagen und Pizzicatos im Mittelteil seinen alten Fingern alles abverlangten. Eine kleine Sensation. „Bravo!", applaudierte Maria, als der letzte Takt verklungen war. „Das war wunderschön, Lieber. Aber du hast heute ja gar nicht das Alte Werk gespielt. Ein flotter Kreisler. Nanu?" Bernhardt wurde richtig verlegen. „Ja nun, das macht mich wohl noch nicht zu einem Modernisten, oder?" Richtig zum Lachen brachte Maria das. „Ich glaube, da brauchst du dir keine Sorgen zu machen." Bernhardt warf seiner Frau einen misstrauischen Blick zu. „Lach du nur, Musch, aber eines sag ich dir: Es ist viel schwerer, sich den Irrungen und Wirrungen seiner Zeit entgegenzustellen, als bloß immer Ja und Amen zu sagen." Womit sie wieder beim Thema waren. Laute Hammerschläge an Wittenberger Kirchentür. Reichstag zu Worms. Hier stehe ich und kann nicht anders. Der Ruf schicksalsschwerer Bestimmung. Man konnte Bernhardt Spörle manches vorwerfen. Altersmilde sicher nicht. Da wusste sich Maria auf dünnem Eis. „Irrungen und Wirrungen sind das eine, Petzel", tastete sie sich behutsam vor, „die Pläne der kleinen Tilz für ihren Budenzauber heute Abend sind etwas anderes."

„Maria, das ist eine Sache, da will ich mit dir nicht drüber streiten. Du weißt, wie sehr ich die Ellen mag. Aber das ist mal ein starkes Stück, auf Landsberg so einen Krawall zu machen. Am Tag des Thesenanschlags." Diese Sturheit. Bei aller Liebe: ein Ärgernis. Jetzt war es an Maria, schwereres Geschütz aufzufahren. „Oho, der Herr. Wir haben in dem Alter ja auch nur brav in der Bibel gelesen, was? Und den Teil mit der Versöhnungslehre hast du wohl vergessen." Dummerweise hatte sich Luther in seinen Tischreden auch dazu geäußert. So konnte Bernhardt parieren, zur Vergebung gehöre auch, dass der (also die), dem (der) vergeben werden solle, seine (in Ellens Fall: ihre) Fehler bekenne. Der nicht bekannten Sünde könne nicht vergeben werden. Da hatte er einen Punkt, der alte Fuchs. „Dann sprich mit Ellen, in Gottes Namen", flehte Maria ihn an. „Es macht doch keinen Sinn, wenn in der Sache alle unglücklich sind. Im Übrigen geht der ganze Schlamassel ja eigentlich nicht auf Ellens Konto." Überrascht lauschte Bernhardt auf. „Da bin ich jetzt aber mal gespannt." Und dann erzählte Maria ihm von harmlosen Kürbissen und Ellens Erntedank-Motiven. Von Jürgen Driewer, diesem Svengali. Und wie die ganze niedliche Idee am Ende in ein geschmackloses Theater abgeglitten sei. Alles aus erster Hand ihrer Bridgedamen. Mit jedem Satz wuchsen in Bernhardt Spörle Beschützerinstinkt und Entschlusskraft. Marias Schuss war, wie man so sagt, voll nach hinten losgegangen. Statt ihren Bernhardt zu beruhigen, hatte sie ihn ordentlich in Wallung gebracht. Bernhardt Spörle: Ehrenmann. Träger des Verdienstkreuz am Bande. Vormals Herr über einen internationalen Rüstungskonzern. Es war an der Zeit, die Dinge ins Reine zu bringen. Diesem Roller-Proleten mal ordentlich den Marsch zu blasen. Himmel, Arsch und Zwirn!

Kurz vor Einbruch der Dämmerung gab das Kompetenzteam letzte Order an die versammelten Stäbe: Beate Severing und Manfred, Olek Hoffmann und Jakub Adamicz. Sie selber würden sich als eine Art mobile Eingreiftruppe mit ihren Carts frei im Feld bewegen. Jürgen fühlte sich berufen, die Runde mit einer kurzen Stegreifrede auf das Eintreffen der Gäste einzuschwören. „Wir haben es in der Hand." Blick in die Runde. Leere Gesichter. „Wir können diesen Abend zu einem unvergesslichen Erlebnis machen. Etwas, wovon die Leute noch lange reden werden." Erneuter Blick in die Runde. Weiterhin leere Gesichter. „Das, meine Lieben, ist ein Stück Landsberg 2.0. Ihr alle habt in den vergangenen Wochen Unglaubliches geleistet." Dann ballte er beide Fäuste vor der Brust und brachte seine kleine Ansprache zu einem unvermittelt lautstarken Ende: „Jetzt lasst uns die Party ordentlich rocken." Stille. Jürgens Blick glitt über die Köpfe der betretenen Gruppe hinweg und blieb an einer schwarzen Gestalt hängen, die eben hinter der Kürbiswand der Hexenküche auftauchte. Langer Talar. Barett mit ausgeklappten Ohrenschützern. Ellen folgte Jürgens erstauntem Blick und wusste sofort, wer da herangeschwankt kam. Das war nicht Doktor Martin Luther. Das war Bernhardt Spörle.

Jürgen kniff die Augen zusammen. Was zum Teufel stellte das dar: The Scream? The Crow? The Sensenmann? Egal. „Der erste Gast", winkte er aufgeregt und bahnte sich seinen Weg zu dem Neuankömmling. Im Näherkommen durchlief die Gestalt eine eigentümliche Verwandlung: War nicht The Crow. Auch nicht The Scream. Wurde Scrooge. Wurde Spörle. Na, das war mal eine Überraschung. „Herr Spörle. Ja, Grüß Gott. Mit Ihnen hätten wir heute aber nicht gerechnet." Bernhardt Spörle musterte sein Gegenüber geringschätzig. Jürgen Driewer: blutrotes Kopftuch. Samtblazer. Piratenhemd. „Kommen Sie mir jetzt nicht mit Grüß Gott, Sie Kanaille." Hoppla, was für eine Begrüßung. „Aber ...", setzte Jürgen an. Er kam nicht weit. „Pfui. Auf Landsberg so einen Hexensabbat zu veranstalten. Geschmacklos."

„Aber, Herr Spörle ..."

„Völlig inakzeptabel."

„Herr Spörle ..." Der legte ihm jetzt auch noch eine Hand auf die Schulter und fuhr in altväterlichem Ton fort: „Mann, das müssen Sie doch einsehen, dass das nicht geht. Am Reformationstag."

„Also, nun, Herr Spörle ..."

„Schnickschnack. Und der Ellen ihre schöne Idee ganz zuschanden machen, schämen sollten Sie sich!"

„Oho, Herr Spörle, also das ..."

„Denken Sie mal darüber nach, junger Mann." Und damit war das Gespräch beendet. Bernhardt Spörle ließ Jürgen stehen und wandte sich mit wehenden Rockschößen Ellen zu. „Onkel Spörli!", begrüßte die ihn etwas zu überschwänglich. „Wie schaust du denn aus?" Spörle sah mit einigem Wohlgefallen an sich hinab. „Der Predigerrock unseres lieben Doktor Luther, Ellen. Wenn schon mein Tadel kein Gewicht hat, will ich euch zumindest Warnung und Mahnung sein." Das war sein Plan. Rumstehen und Zeugnis ablegen. Oder doch besser sitzen. In der Kälte merkte er jetzt, wie ihm die Beine schwer wurden. „Komm, Onkel Spörli, du kommst zu mir in den Wagen und dann machen du und ich gemeinsam Patrouille." Das hatte Ellen vor allem gesagt, weil jetzt tatsächlich immer mehr Gäste eintrudelten und sie sich und dem alten Petz die Peinlichkeit seines seltsamen Aufzugs ersparen wollte. Dem war nichts peinlich, Ellens Vorschlag aber recht. So würde er das ganze Ausmaß der Liederlichkeiten selbst in Augenschein nehmen können. Als Ellen und Petz ihre kleine Inspektionsrunde beendet hatten, gab es drei Überraschungen: Erstens hatte Bernhardt Spörle sich erstaunlich gut amüsiert beim Anblick der unterschiedlichen Aufbauten und Installationen. Über die Hefelzwerge hatte er sogar richtig lachen müssen. Zweitens hatten Ellen und er gemeinsam von dem Punsch an der Vier gekostet. Und weil Spörle ziemlich durchgefroren war, hatte er es bei einem Becher nicht bewenden lassen. Schließlich hatte er sogar den großen Reformator mit den Worten zitiert, wer nicht Wein, Weib und Gesang liebe, der bleibe ein Narr sein Leben lang. Und drittens. Ja drittens, waren Bernhardt Spörles letzte Worte: „Nicht schuldig." Und das waren die letzten Worte, die je einer von ihm hören sollte.

Angenehm berauscht, ja geradezu in Hochstimmung hatte man die Sechs verlassen. Ellen übernahm es, an jeder Bahn die bereitstehenden Fackeln zu entzünden, damit man den jeweiligen

Abschlag auch bei einsetzender Dunkelheit finden würde. An den Flaggenstöcken befestigte sie fahl leuchtende Knicklichter. Die gemeldeten Grüppchen fanden sich auf dem Platz ein, verteilten sich auf die neun Löcher und fieberten dem abendlichen Kanonenstart entgegen. Gibbeln. Lachen. Scherzende Gruselllaute. Ein jeder ausgestattet mit fluoreszierenden Leuchtbällen und Schwarzlichtlampen. Gut präpariert für das Spiel in kohlpechrabenschwarzer Nacht. Onkel Spörli schwenkte sein Barett aus dem dahingleitenden Cart, rezitierte „Dunkel war's, der Mond schien helle", da schallte es aus der Ferne zurück: „Schneebedeckt die grüne Flur", wieder Spörle: „Als ein Wagen blitzesschnelle", der nächtliche Chor: „Langsam um die Ecke fuhr." Nun setzte auch Ellen ein: „Drinnen saßen stehend Leute, schweigend ins Gespräch vertieft", Spörle hörte seltsam gedämpft aus dunklem Tann: „Als ein totgeschoss'ner Hase auf der Sandbank Schlittschuh lief." Wieder aus seinem Munde: „Und ein blondgelockter Jüngling mit kohlrabenschwarzem Haar saß auf einer grünen Kiste, die rot angestrichen war." Dann brausend in den Lüften: „Neben ihm 'ne alte Schrulle, zählte kaum erst sechzehn Jahr, in der Hand 'ne Butterstulle, die mit Schmalz bestrichen war." Derweil hatten sie die Talsohle von Loch Sieben erreicht. Vor ihnen im flackernden Lichterschein: Ellens Friedhof. Onkel Spörli murmelte Unverständliches, fasste ihren Arm. Ellen hörte ihn sagen „Nicht schuldig." Dann fiel der Alte in tiefes Schweigen. Sie monologisierte: über Erntedank, die Bedeutung der Winterfeste, Gabenkulte, die christlichen Wurzeln des Seelenfestes, die Erneuerung des Lebens im Wechsel der Jahreszeiten. Vor ihnen nun die Acht. Tal der Spinnen. Fackeln entzünden. Knicklicht brechen. Die Neun. Fackeln. Knicklicht. Ellen querte die letzte Brücke, immer noch einredend auf den schweigenden Petz. Fuhr sich beinahe fest an der schlammigen Böschung des Tränenweihers. Erreichte den Hof mit Müh und Not. Neben ihr der Spörle ... tot.

Das allerdings merkte sie erst, als sie aus dem Wagen sprang und ihm lachend den Arm zum Aussteigen reichte. Wie Kometen schwirrten aus der Dunkelheit leuchtende Bälle heran. Ellen sah es und verstand nicht. Verstand gar nichts mehr. Sah nur den Onkel Spörli mit toten Augen in die Dunkelheit starren. Was es da bloß zu sehen gab? Über den Parkplatz kam jetzt Olek herüber. Mit einem Blick hatte er die Situation erfasst. Er nahm Ellen beiseite, setzte sie auf einen der um die Terrasse drapierten Strohballen. Frau Severing trat hinzu, legte Ellen eine Decke um die Schultern. Beide sagten irgendwas, Ellen konnte nicht verstehen, was es war. Es roch intensiv nach Wachsfackeln und Kartoffelfeuer. Olek stieg in das Elektrocart und rollte geräuschlos in Richtung Stallungen davon. Der wächserne Luther-Spörle schwankte leicht hin und her bei der Fahrt über die Katzenbuckel des alten Kopfsteinpflasters. Aus der Ferne trug ein kalter Wind dumpfes Lachen zu Ellen herüber. „Uhaha, wir kommen dich holen ...“

Von den Teilnehmern hatte niemand den Zwischenfall bemerkt. Auch nicht Ankunft und Abfahrt des Leichenwagens auf dem Hof des Caddymasters. Olek hatte lediglich die anderen Mitglieder des Kompetenzteams informiert. Und den Vorstand. Vorerst hatte man Stillschweigen vereinbart. Jetzt kehrten die ersten Flights von der Runde zurück. Die Terrasse füllte sich mit Leben. Ausgelassenes Treiben an Buffet und Ausschank der Hexenküche. Ellen saß im holzgetäfelten Kaminzimmer des Gutshauses und beendete eben ihren Anruf bei Maria Spörle. „Es tut mir so furchtbar leid, Tante Spörli ... Ja, das verstehe ich gut. Ich komme dann auf jeden Fall morgen vorbei.“ Nachdem sie aufgelegt hatte, betrachtete sie noch eine ganze Weile das Foto auf dem Startbildschirm ihres Mobiltelefons. Marijn, Joshua und Amelie am Strand auf Schiermonnikoog. Furchtbarer Gedanke, einen der drei zu verlieren. Egal, in welchem Alter. „Ich denke, wir sollten die Sache da draußen mal langsam zu einem Ende bringen", sagte Christoph, der schräg gegenüber von Ellen in einem abgewetzten Zigarrensessel Platz genommen hatte. „Ja, das denke ich auch", pflichtete ihm Ellen bei. Christoph schaute resigniert zu Boden. „So viel zum Thema Projekt Zukunft und Kompetenzteam. Dir ist schon klar, Ellen, dass die uns drei dafür kreuzigen werden?" Ellen blickte von ihrem Handy auf. Unendlich matt. Aber mehr noch überrascht. Fast schon vorwurfsvoll: „Warum das denn, bitte?" In Christophs Ausdruck nichts als Fragezeichen. „Nein, Chris. Die werden nur einen von uns kreuzigen. Niemand braucht drei Schuldige" und dann nach einer kurzen Pause: „Wo ist eigentlich Jürgen?"

Der stand gerade an der Austernbar mit Sven, Rita und Markus beisammen und nippte versonnen an seinem Chablis. Das mit dem Spörle war schon ein Ding. Blöd gelaufen. Auch tragisch, keine Frage. Aber was musste der Alte auch einen auf Clint Eastwood machen? So was kommt von so was. Chris tippte ihm von hinten auf die Schulter. Raunte ihm etwas zu. Dann gab er auch Sven einen Wink, sich unauffällig ins Clubhaus zurückzuziehen. Man würde kurzen Kriegsrat halten müssen. „Also", eröffnete Ellen die Runde, „ich habe mit Maria Spörle gesprochen. Die Arme ist völlig am Boden zerstört. Jetzt ist es wohl an der Zeit, die Gäste zu informieren. Die Party ist vorbei." „Was?", echauffierte sich Jürgen. „Das kann ja wohl bis morgen warten." „Wohl kaum", versetzte Sven kühl. „Bei aller Liebe, aber da draußen stehen gut achtzig zahlende Gäste. Die genießen

einen großartigen Abend in ihrem Club. Was ganz Außerge-
wöhnliches. Und der Bernhardt Spörle, bei allem Respekt, der
war ja schon weit über neunzig. Den hat es nicht gerade mitten
aus dem Leben gerissen."

„Wenn es dir recht ist, Sven, würde ich das übernehmen",
ging Ellen geflissentlich über Jürgens Einwand hinweg, „ich
meine, du bist der Präsident, aber erstens stand ich ihm wohl
am nächsten und zweitens … naja, zweitens war ich ja dabei, als
es passiert ist." Sven war ganz verständnisvolles Nicken. „Okay,
Ellen, dann machen wir das so. Wir bleiben an deiner Seite."
Gemeinsam gingen sie in die Nacht hinaus.

Ellen sollte recht behalten. Niemand brauchte drei Schuldige
für das, was an jenem Halloween auf Landsberg geschehen war.
Sie selbst ging aus der Episode gestärkt hervor. In punkto Willkommenskultur war der Abend ein voller Erfolg. Viele der jüngeren Mitglieder zeigten sich begeistert von der Neuauflage eines modernen, zeitgemäßen Landsberg. An dem Abend waren
Freundschaften entstanden, sogar eine spätere Ehe hatte sich
angebahnt. Es gab jede Menge denkwürdiger Anekdoten und
Geschichten. Der tragische Tod Bernhardt Spörles entwuchs
bald ins Balladenhafte, ein gemeinschaftsstiftendes Ereignis,
über das man im Club noch lange reden sollte: „Ich war dabei
am Tag, als Bernhardt Spörle starb!" Obendrein war es Ellen
gelungen, die Herzen der Menschen mit einer bemerkenswerten
Rede zu öffnen. Ohne Reue, aber voll lauterer Einsicht. Hoch-
emotional, aber niemals sentimental. Persönlich und doch von
universeller Gültigkeit. Selbst den Drahtseilakt eines pietätvol-
len Fortgangs der Festivitäten hatte Ellen scheinbar mühelos
hinbekommen. „Bernhardt Spörle hätte nicht gewollt, dass wir
den Abend hier beenden. Aber wir sind es ihm schuldig, an die

große Ernsthaftigkeit zu erinnern, mit der er diesen Tag immer begangen hat. Als Fest der Reformation. Als Tag des Innehaltens. Wir müssen diese Anschauung nicht teilen, aber wir schulden ihr Respekt." An dieser Stelle unterbrach ein einzelner „Bravo"-Ruf den geschliffenen Vortrag. „Lasst uns deshalb auf Musik und Tanz verzichten. Wenn Sie bleiben wollen, so ist uns jeder und jede von Ihnen herzlich willkommen. Aber wir möchten Sie bitten, den Abend in Stille und Würde zu begehen. Zu Ehren dessen, den wir heute verloren haben. Einen wunderbaren Menschen. Meinen lieben Rufonkel Bernhardt Spörle." Ellen schloss mit der Aufforderung zu einer Schweigeminute gefolgt von der Ankündigung einer Spendenaktion im Namen des Verstorbenen und zugunsten der Luther-Gesellschaft e.V. in Wittenberg. Die wussten in den kommenden Wochen gar nicht, wie ihnen geschah, so üppig flossen die Zuwendungen.

Auf den Fotos, die anlässlich Ellens Rede entstanden waren, machte Jürgen Driewer keine gute Figur. Darauf zu sehen: Sven, Christoph und er als eine Art Mahnwache hinter der Rednerin. Alle mit ernsten Mienen. Nur Jürgen feixend. Da hatte ihm Christoph gerade zugeraunt, er solle mal abwarten, gleich werde die Ellen den ollen Petz noch heiligsprechen. Der Rest des Abends verlief in Flüsterton und tiefer Feierlichkeit. Das verlieh dem Beisammensein ein verschwörerisches, fast schon magisches Element. Am Ende waren sich alle einig: Wie die Ellen das gemacht hatte – Respekt! Jürgens Ruf dagegen hatte schwer gelitten. Nicht nur wegen der zweifelhaften Fotos. Schlimmer war, dass es im Zuge der Ereignisse zu einer regelrechten Austrittswelle kam. Kürbisköpfe und ein wenig Erntedankzauber, ja, das hätte man doch ganz reizend gefunden. Aber der ganze elektrische Klimbim von diesem Roller-Heini. Geschmacklos.

Stillos. Haltlos. Gottlos. Der harte Kern der Petz'schen Mittwochsrunden zog die Reißleine. Fünf zahlende Mitglieder weg. Im Ergebnis hieß das: Willkommenskultur 1. Mitgliederwachstum 0. Jürgen war an der Spitze des Kompetenzteams nicht mehr zu halten. Das brauchte ihm Ellen gar nicht unter die Nase zu reiben. Das übernahm schon Christoph. Jürgen hatte sich zur Klärung der leidigen Schuldfrage gleich an zwei Gemeinplätze geklammert. Zunächst probierte er es mit „einer für alle, alle für einen". Als das nicht verfing, legte er nach mit „mitgefangen, mitgehangen". Christoph zahlte mit gleicher Münze zurück. Da solle er doch besser sagen: Was kümmert mich mein Geschwätz von gestern? Immerhin sei es doch Jürgen selbst gewesen, der weiland bei ihrer kleinen Abstimmung auf dem letzten Wort bestanden habe. Das letzte Wort hatte Jürgen freilich auch jetzt. O-Ton: „Dann macht euren Krempel doch alleine!" Die offizielle Sprachregelung: Demission Jürgen Driewer aufgrund inhaltlicher Differenzen. Auch im neuen Landsberg pflegte man den hohen Ton. Derweil entfernte Jakub Adamicz im herbstlichen Niesel die letzten Zeugnisse des zurückliegenden Halloween-Abenteuers. So gingen auch Ellens Pappmaché-Grabsteine den Weg alles Irdischen und landeten schließlich im Altpapier. Ganz vermatscht und ausgewaschen. Auf einem davon meinte man noch entziffern zu können: Jürgen. Projekt Zukunft. RIP.

Robustes Mandat

Anna-Lena Posch war gerade dabei, ihren Arbeitstag mit einer Tasse Kaffee und dem Sortieren der Posteingänge zu beginnen. Lustlos prötterte die Kaffeemaschine ihr letztes Wasser in den Filterträger. Nebenan, im Pro-Shop, auf Landsberg liebevoll Gutsladen genannt, bereitete sich Ursula Morgenroth auf das Weihnachtsgeschäft vor. Ein trostloses Unterfangen. Seit geraumer Zeit war das einzige, das hier brummte, die Lüftung. Renovierungsstau. Ursula Morgenroth sortierte auch. Nicht Posteingänge, aber Polohemden in Rosa und Bleu, überteuerte Strickwaren, Steppjacken und allerlei Nippes mit Club-Logo. Neben der Kasse brannte die erste Kerze auf üppig dekoriertem Adventsgesteck. Dominierend auch hier: Rosa und Bleu. Kein Zweifel. Der Geist Landsberger Erneuerung hatte den Gutsladen noch nicht erfasst. Obwohl: Aus dem Off sang jetzt Helene Fischer Weihnachtslieder, vor Jahr und Tag wären es noch Gotthilf Fischer und Chöre gewesen. Anna-Lena mochte Ursula gut leiden. Nur musikalisch kam man nicht zusammen. Privat war sie eher so die Wacken-Fraktion. Aber das wusste hier keiner auf Landsberg. Gerade streckte Ursula ihren Kopf zur Tür herein und lud sich mit einem gut gelaunten „Kuckuck" gewissermaßen selbst auf eine Tasse Kaffee ein. Nach stiller Übereinkunft wäre es jetzt an Anna-Lena gewesen, mit einem langgezogenen „Heihiiiii" zu Antworten. Nicht so heute. Vielmehr starrte die Landsberger Büroleiterin wortlos auf ein Schriftstück in ihren Händen. Den Briefkopf zierte ein opulentes Wappen. Schwarze Bracke, Eichenlaub, Weinfass. Ehrenschild der Schnakenbeck-Sondheims über Generationen: Treu. Hart. Trinkfest. Auch auf Landsberg wusste man diese Qualitäten zu schätzen. Treu hielt die Familie fest an Besitz und Pacht. Hart widerstand sie den wechselnden Launen der Zeitläufe. Und trinkfest hatte man sich über Jahrhunderte darin geübt, die Landsberger Keller mit feinsten Pretiosen zu füllen und zu leeren. In jüngerer Zeit eher zu leeren als zu füllen. Gerüchte machten die Runde. Ernst August von Schnakenbeck-Sondheim war schon immer das gewesen, was man einen Lebemann nennt. Härte und Treue hatten darunter gelitten. Auch die Konstitution. Ernst August war so fett, dass er das Bett kaum mehr verließ. Natürlich stand von alldem nichts in dem Schreiben, das Anna-Lena jetzt in Händen hielt. Wohl aber, dass man darüber nachdenke, Landsberg in neue Hände zu geben. Außerdem sei man offen für Offerten des gegenwärtigen Pächters. Mindestgebot 3,5 Millionen. Interessenbekundungen erwarte man bis Jahresende, natürlich im besten Bestreben um eine für alle Seiten einvernehmliche Lösung. Gezeichnet war das Ganze mit imposant ausladender Hand von einem freundlich grüßenden Ernst August von Schnakenbeck-Sondheim. Der nachfolgende Dialog ist schnell erzählt: Anna-Lena sagte nichts. Reichte das Schreiben wortlos einer zusehends ungeduldigen Ursula Morgenroth. Die sagte auch nichts. Beide tauschten ungläubige Blicke. Dann stand Anna-Lena Posch immer noch wortlos auf, nahm das Schreiben aus Ursulas Hand, verließ das Sekretariat Gut Landsberg und querte den leeren Parkplatz Richtung Haupthaus.

Dort saßen zur gleichen Zeit zusammen: der Vorstand erweitert um den Rumpf des Kompetenzteams Projekt Zukunft – Perspektiven Landsberg 2.0, Ellen und Christoph. Eben hatte man sich darauf verständigt, dass es wohl eine gute Idee sei, das Komitee wieder auf drei Mitglieder aufzustocken. Kandidat der Wahl war Dr. med. Thomas Kohler, plastische Chirurgie, ausgezeichneter Golfer und als solcher langjähriges Mitglied der

Herrenmannschaft GC Gut Landsberg. Der freilich wusste noch nichts von seinem Glück. Als Anna-Lena Posch das Kaminzimmer betrat, spürte sie eine merkwürdige Befangenheit. Die knarrenden Dielen. Erwartungsvolle Blicke. Der böse Brief. Sie fühlte sich versetzt in einen Mantel- und Degenfilm. „Ich bringe schlechte Kunde, Sire." Natürlich wusste sie, wie derlei endete. Für den Überbringer schlechter Nachrichten ging die Sache selten gut aus. Also beschloss sie gleich in die Offensive zu gehen: „Da ist heute was in der Post gewesen, das sollten Sie wissen." Ohne weitere Vorrede breitete sie das Schreiben vor Sven Gräther aus. Fraglos der Doge in dieser Situation. Womit sie rechnete: Haare raufen. Wutausbruch. Kerkerhaft. Was sie bekam: Dankeschön. Betretenes Schweigen. Einladung sich zu bedienen an den bereitstehenden Häppchen. Sie zog es vor, sich zurückzuziehen. Nicht unter Kratzfüßen, aber unter Hinweis auf ihre mannigfaltigen Verpflichtungen. Beim Verlassen des Salons hörte Anna-Lena in ihrem Rücken unterdrückte Ausrufe des Erstaunens und der Empörung, als der Brief von Hand zu Hand wechselte. Fassungslosigkeit machte sich breit. Christoph fand als erster die Sprache wieder: „3,5 Millionen. Und dann die Unterhaltskosten. Der Renovierungsstau." Das war eine zutreffende Problembeschreibung. Die Lüftung brummte leise.

Marijn schüttelte heftig den Kopf. „Nee, liefje. Niet in het leven. Weet je wel wat dat kost? Dat is een Fass ohne Boden." Ellen hatte sich kurz vorgestellt, wie es wohl wäre, wenn Landsberg in den Besitz der Engel Werke überginge. Sie als Gutsfrau … Aber Marijn hatte recht. Das war ein Himmelfahrtskommando. Vier Engel für Landsberg. Schön und gut. Aber vier Millionen für Landsberg? Die Heizung in dem alten Kapachel lief wahrscheinlich noch mit Torffeuerung. Und das Dach? Die Gauben? Die feuchten Keller? Nicht dran zu denken. „Wat hebt je denn so besproken op de Vorstandssitzung?", wollte Marijn nun von Ellen wissen. Ja, was hatte man besprochen? Zunächst hatten sie Svens Vorschlag diskutiert, einen Aufruf zur Finanzierung per Mitgliederdarlehen zu starten. So mit der Weihnachtspost. Berthold Siepenkötter hatte das gewohnt deftig kommentiert. Das Thema war ganz schnell abgeräumt. Schließlich war man sich einig, dass es manchmal besser sei, einfach nichts zu tun. Warten und aussitzen. Wer weiß, ob der Schnakenbeck-Sondheim überhaupt einen Käufer finden würde. Stand ja auch noch alles unter Denkmalschutz, beziehungsweise mit Blick auf den Gesundheitszustand des arg übergewichtigen Grafen in den Sternen. Nicht, dass man ihm das wünschen würde. „God verhoede!", warf Marijn ein. „Natürlich", pflichtete Ellen bei. Aber trotzdem: Eh man sich versah, konnte die Situation auf Landsberg schon wieder eine ganz andere sein. Dann würde man aber auch mal über die Höhe der Pacht sprechen müssen. „Bei de achterstand met de renovatie? Zeker weten!"

„Eben, das hab ich auch gesagt", fuhr Ellen fort. Und da habe sich dann die Babette Wieler eingeschaltet. „A propos Renovierungsstau", habe die gesagt, ob es denn mal was Neues gebe von den Baggern auf der Neun. Oder würde man nun darauf warten, dass die irgendwann von allein im Boden versinken? Bei dem Gedanken musste Marijn herzhaft lachen. „Der Volker Spindler fand das aber gar nicht lustig", sagte Ellen streng. Der habe darauf hingewiesen, dass man dem Brockmann doch gerade erst einen Aufschub bis Saisonauftakt gegeben habe. „Dat is ook waar", nickte Marijn, „wat goed is, moet goed blijven." Das fand Ellen auch. Aber die Frist bezöge sich eben auf die Fertigstellung des Projekts. Ein Spaziergang würde das nicht werden. Und weil Christoph und sie den Markus noch am besten kannten, habe der Vorstand sich ganz auf ihre Einschätzung verlassen wollen. „En wat zei je daarop?" Ellen schaute ihren Mann listig an. „Ich hab ihnen gesagt, dass ich den Markus an ihrer Stelle nicht zur Eile drängen würde."

„Goed voor Markus!"

„Nein, Marijn, goed voor Landsberg! Wenn der Schnakenbeck-Sondheim sein Ding durchzieht, würde ich mit verbrannter Erde antworten. Und zwar gratis. Markus ist ja schließlich regresspflichtig." Marijn schüttelte den Kopf in gespielter Entrüstung. „De Duitsers, de Duitsers ... Slaap lekker, liefje." „Gute Nacht, Liebling", sagte Ellen. Dann löschten beide das Licht.

Im weiteren Wochenverlauf fielen die Temperaturen deutlich unter Null. Markus freute sich wie ein Schneekönig. Weiße Weihnacht? Das war ihm so was von egal. Aber mit jeder Minute wurde der Boden unter seinen Baggern härter und härter. Morgen würde er einen ersten Anlauf unternehmen. Rita war auch keine schlechte Baggerführerin, wenn es drauf ankam. Allemal besser als Fjodor. Wie der es überhaupt hinbekommen hatte, sich mit dem Takeuchi dermaßen festzufahren! Wladimirs Rettungsversuch war auch nicht hilfreich gewesen. Wie die Lemminge! Alles musste man selber machen. Rita hatte ausgerechnet, dass sie es bis zum Saisonstart Ende März noch schaffen konnten. Wenn jetzt alles glatt ging. Auf kurzen Frost müsste Tauwetter folgen, sonst wäre nichts gewonnen. Aber wenn die beiden eins gelernt hatten, dann war es, immer nur einen Schritt nach dem anderen zu gehen. In Ritas Worten: „Wie der Bauer die Klöße isst." Klöße aßen sie auch jetzt. Zur Gans in der Landsberger Clubgastronomie. Leider etwas ledrig. Nach allem, was man so hörte, kein Vergleich zur Hefeler Weihnachtsgans. Die ließen sich die Leute sogar zum Fest nach Hause liefern. Da mussten in jedem Jahr traumhafte Mengen über die Theke gehen. Das wusste er von Rainer Ruhmbach. Klar, dass man das als Landsberger brühwarm unter die Nase gerieben bekam. Wollte man Rainer Glauben schenken, war überhaupt alles in Hefel auf Superlative gepolt. Die besten Gänse, die höchste Liga, die meisten Neuanmeldungen. Naja, so schlecht war Manfreds Gans dann auch wieder nicht. Wobei: Instant-Klöße. Soßenfix. „Morgen legen wir los, Baby", prostete Markus Rita zu. „So machen wir's, Kus-Kus. Auf Väterchen Frost." Aber nicht nur mit den Drainagen würde man endlich weiterkommen. Über einen befreundeten Makler hatten die beiden am Vormittag erste Erkundigungen eingeholt, was man denn so aufrufen könne für ihre Immobilie am besseren Ende des Hardenberghangs. „Ach weißt du, wir wollen uns einfach irgendwann mal kleiner setzen", hatte Markus gesagt. „Das riesen Haus, der Garten. Das muss ja auch alles unterhalten werden", hatte Rita gesagt. „Wenn du oben fertig bist mit putzen, kannst du unten gleich wieder anfangen", hatte Markus gesagt. „Was Kleines, was Schnuckeliges, das wäre so unser Ding", hatte Rita gesagt. Der befreundete Makler, eher flüchtiger Bekannter, hatte nur dagesessen und genickt. Tausendmal gehört. Sofort verstanden: Denen steht das Wasser bis zum Hals.

Alles, was recht ist: Die Landsberger Gans hielt die Verdauung ordentlich auf Trab. Markus und Rita mussten noch einen Absacker nehmen. Als Frau Severing die beiden Kräuterschnäpse vor ihnen aufpflanzte, kam auch Manfred aus seiner Küche. Nicht, um von Tisch zu Tisch zu scharwenzeln und sich von zufriedenen Gästen feiern zu lassen. Sondern, um auf der Terrasse eine zu rauchen. Schön zu sehen, dass er dafür die Küche verließ. „Ich könnte jetzt auch eine vertragen", sagte Rita und schaute zu Markus, ob der mitkommen wollte. Er wollte. Draußen trafen sie Manfred in nachdenklicher Stimmung an. Vielleicht fragte der sich aber auch nur, wie er die Zigarette zwischen den verbliebenen Fingerstumpen fixieren sollte. „N'Abend, Manfred. Klasse Gans."

„Fanden Sie?"

„Und die Soße – was war da drin: Beifuß?"

„Naja, mal ehrlich, Herr Brockmann. Die hab ich eigentlich nur so angerührt." Aus Ritas Richtung leises Glucksen. Dann vernehmliches Prusten. Furchtbar ansteckend. Auch Markus konnte sich kaum mehr halten. Trotzdem presste er unter ersticktem Lachen hervor: „Und die Klöße?" Noch bevor es hätte peinlich werden können, merkte er, wie sich auch Manfred in stillem Gelächter schüttelte. „Die Klöße? Die Klöhöhöße?" Und da brach es auch schon aus ihm hervor. Gellendes Lachen. Tränen in den Augen. Er konnte kaum weitersprechen. Klappte wie ein Taschenmesser in der Mitte zusammen. „Ja das, … ja das, … das waren, das war … also mal ehrlich: Das war auch nur so'n Pulver in so'nem, … so'nem … also in so einer Art Haarnetz!" Jetzt schüttelten sich alle drei aus vor Lachen. „Und dann … und dann … dann ins kochende Wasser und …" Wieder musste er eine Pause machen, um irgendwie die Kontrolle zurückzugewinnen, „… und dann – wusch! – waren das plötzlich solche Kaventsmänner!" Jetzt explodierte die ganze Runde in Hysterie. Durch das nahegelegene Fenster sahen sie Henriette und Gerhard Plock. Beide blickten erst nach draußen, dann betreten auf ihre Teller. Lachender Koch? Da gingen alle Alarmglocken. Schon kam Beate Severing auf die Terrasse herausgetreten. Ob es wohl ein bisschen leiser ginge? Einige der Gäste fühlten sich gestört. Markus trocknete sich die Augen, bekam sich langsam wieder in den Griff. „Einige der Gäste? Liebe Frau Severing, knapp ein Drittel Ihrer Gäste steht doch hier vor ihnen." Mathematisch war das korrekt. Beate Severing bewegte sich in der Grauzone alternativer Fakten. Doch auf Einsicht war nicht zu hoffen. So ließ man die Sache auf sich beruhen und rauchte jetzt still vor sich hin. „Markus", sagte Markus schließlich zu Manfred, „und Rita". „Manfred", erwiderte Manfred, aber das sei ja wohl bekannt. „Gibt es auch einen Nachnamen?", wollte Rita wissen. „Pucker", antwortete Manfred nach kurzem Zögern. Es habe aber seinen Grund, dass er sich überall nur beim Vornamen rufen ließ. In jungen Jahren hatte Manfred auch Golf gespielt. Nicht nur gut. Richtig gut. So gut, dass es am Ende für eine Caddie Licence in St Andrews gereicht hatte. Eine tolle Zeit. Bis auf die Tatsache, dass ihn alle nur Fucker oder Man Fucker genannt hatten. Derber Humor da oben auf der Insel. Dann kam der Alkohol. Der Absturz. Die Ausbildung zum Tischler. Die Kreissäge. Der Verlust zweier Fingerkuppen. Die Umschulung zum Koch. Die letzte Ausfahrt Landsberg. Jetzt also nur noch Manfred. „Mann, oh, Mann, was für eine Berg-und-Talfahrt", sagte Rita, als Manfreds Vita wie ein offenes Buch vor ihnen lag. „Wie man es nimmt", zuckte Manfred die Schultern, „auf der Achterbahn gibt es meines Wissens zwei Richtungen. Bei mir ging es nur nach unten." Ja, was sollte man dazu sagen? Kopf hoch? Wird schon werden? „Das tut mir leid", sagte Rita, „aber sieh's mal so: Deine Gans ist einsame Spitze." „Ja", sagte Manfred, „und immer, wenn ich eure Bagger dahinten im Dreck stecken sehe, geht es mir schon wieder ein bisschen besser." Das Thermometer zeigte minus 5° C.

Die Bergung der Brockmann'schen Bagger am darauffolgenden Morgen lief wie am Schnürchen. Dass etwas so glatt gehen konnte, war Markus gar nicht mehr gewohnt. Nachts hatte er geträumt, wie die Takeuchi von Packeis eingeschlossen und zerquetscht würden. Lautlos hatten sich die schmutzig-weißen Eisschollen aus dem Flussbett der Isel erhoben, behände waren sie über die Uferböschung geklettert und mit ausgreifenden Bewegungen – kantapper, kantapper – auf den Herrenabschlag der Neun zugewalzt. Die Takeuchi hatten wie Schweine geschrien. Schweißgebadet war Markus aufgewacht. War zum Fenster geschlurft. Hatte sich überzeugt, dass weit und breit kein Packeis zu sehen war. Nur Raureif. Geschlafen hatte er danach nicht mehr. Noch vor Sonnenaufgang waren Rita und er nach Landsberg aufgebrochen. Sollte die Operation scheitern, dann doch bitte nicht vor aller Augen. Eine unbegründete Sorge, wie sich schnell zeigte. Zündung zündete, Ketten packten, Bagger ruckten. Parkten nun sicher vor dem niedrigen Jägerzaun, der den Abschlag von der schmalen Straße trennte. Heureka! Jetzt schlenderten Markus und Rita zurück Richtung Gutshaus. Eine große Last von ihren Schultern genommen. Die Luft war klar. Der Morgen schmeckte köstlich. Markus hätte Bäume ausreißen mögen. Auf dem Übungsgrün chippte ein einsamer Frühgolfer Bälle an die Fahne. Auf dem Parkplatz schippte Jakub Sand auf den Unimog. Der Platz wollte winterfest gemacht werden. Als er die beiden sah, hielt er kurz inne. „Und? Wie war Bergung?" Alles paletti. Wer kann, der kann. Wann denn Jakub Winterpause mache. 22. Dezember? Ach, das sei ja auch nicht mehr lange hin. Und wohin? Krakau? Herrlich. Und die guten Würste! Ob es die denn auch wirklich gebe da. Kiełbasy Krakowska? So eine schöne Sprache. Aber wohl auch ziemlich schwer zu lernen, wie? Filibuster, Filibuster. Der reinste Smalltalk-Minimalismus. „Belästigen dich die Leute, Jakub?" Das war Thomas Kohler, der unvermittelt neben ihnen stand. „Nein, nein, alles in Ordnung, alles in Ordnung!" Jakub war ebenso zuverlässig wie ironiefrei. Zuverlässig ironiefrei. Da konnte man übel auflaufen. Das hätte Thomas wissen müssen. Einmal war er Jakub auf der Runde begegnet. Scherzend hatte er ihm zugerufen: „Na, alter Halunke, gräbst du wieder die Grüns um?" Da war aber was los. „Ich doch nicht. Nein. Das mach ich nicht. Umgraben. Neeiiiiin." Als Ausweis schönster Normalität wandte sich Jakub nun wieder dem Sandschippen zu. „Und ihr beiden: senile Bettflucht?" Das galt Markus und Rita. „Wie man's nimmt. Eher Sehnsucht nach unseren Baggern", versetzte Markus aufgeräumt. „Guck gleich mal rüber zur Neun. Wie du sehen wirst, siehst du nichts mehr."

„Donnerwetter!", staunte Thomas. „Ich hatte gerade begonnen, mich an den Anblick zu gewöhnen. Aber macht nichts. Tempi passati. Ich muss ja nach vorne denken: Schon von Amts wegen." Und dann berichtete er, wie ihn Ellen und Christoph shanghait hätten. Das letzte, woran er sich erinnern könne, sei ein wüstes Gelage mit den beiden im Kaminzimmer. Als nächstes sei er in dem verdammten Kompetenzteam wieder aufgewacht. Wenn er Markus und Rita einen guten Rat geben dürfe: „Lasst euch nie von zwielichtigen Gestalten auf ein Bier einladen." Man versprach es. Dann fuhr Rita in verschwörerischem Ton fort: „Du, Thomas, bevor es wieder ein böses Erwachen gibt: Hast du was mitbekommen von den Gerüchten? Dass der Schnakenbeck-Sondheim verkaufen will?" Thomas war sichtlich perplex. „Der dumme August? Nein, davon weiß ich nichts. Ist dem der Sprit ausgegangen?"

„Keine Ahnung", sagte Markus. „Ist nur so vom Hörensagen. Du bist hier der Zukunftexperte." Thomas drohte mit gespielter Strenge: „Na na, mein Lieber, sag das nicht so laut. Du weißt, wie es meinem Vorgänger ergangen ist. Ich möchte nicht auch noch auf unser' Ellen ihrer Abschussliste landen." „Sicher nicht!", lachte Rita. „Umso wichtiger, dass du beherzigst, was offensichtlich auch unsere liebe Freundin weiß."

„Und das wäre?" „Dass die besten Entscheidungen trifft, wer über die besten Informationen verfügt." Thomas stutzte. Dann nickte er lange und sagte, nach seinen Informationen bleibe die Caddyhalle über Weihnachten geschlossen. Da müsse er jetzt noch schnell sein Besteck rausholen und dann nichts wie in die Klinik. Bis Weihnachten seien noch mindestens hundert Liter Fett aus diversen Patienten abzusaugen. Wenn sie mal Lampenöl bräuchten: Ästhetische Körperformung sei der neue Walfang. Dann verabschiedete er sich: „Gestatten, Ahab der Name."

Jürgen fuhr Roller. Das machte er von Zeit zu Zeit. Um in Kontakt zu bleiben mit dem Gefühl, das er anderen dann als Customer Experience verkaufte. Die Experience war heute ganz okay. Der Roller mängelfrei. Das Wetter trocken. Gegen die beißende Kälte war er mit Mütze und Handschuhen gut geschützt. Der Umstand, dass Jürgen rollerte, war also nicht weiter bemerkenswert. Wohl aber wohin. Die Bundesstraße entlang am GC Gut Landsberg vorbei nach Hefel, durch Hefel hindurch und hinter Hefel auf die etwas zu breit ausgebaute Zufahrt des GC Hefel e.V.

Dort angekommen, fragte er am Front Desk nach Herrn Ruhmbach und Frau Becker. Er habe einen Termin. Eigentlich ganz nett hier. Sportlicher als Landsberg. Auch geselliger. Alles so schön bunt. Wo der Landsberger Tweedstoffe und gedeckte Farben bevorzugte, auf dem Platz vielleicht mal Rosa und Bleu, präsentierte sich der Hefeler in allen Farben des Regenbogens. Funktionsbekleidung in Knallgelb. Knallblau. Knallrot. Am Halfwayhouse Bockbier-Ausschank, Glühwein und Brezeln. Ein bisschen wie Aprés Ski. Nicht so muffig. Die Driving Range ausgeleuchtet von haushohen Flutlichtmasten. Die Abschlagkabinen ausgerüstet mit modernster Videotechnik. Und angeschlossen an den zweigeschossigen Funktionsbau des Clubhauses Indoor-Golf und Fitting Center. Alles, was recht ist: In Hefel hatte die Zukunft schon begonnen. Auch der Booking Assistant am Front Desk hochprofessionell: „Dann gehst du bitte einmal durch die Gastronomie und die Glastreppe hoch zu den Konferenzräumen. Die Sabrina und der Rainer erwarten dich in Raum Pebble Beach." Zum Dank klopfte Jürgen kurz auf den Tresen und schlenderte in angezeigter Richtung davon. Die Tür von Pebble Beach stand halboffen. Von drinnen hörte er Scherzen und Schäkern. Ein schneller Wechsel von tiefer Bass- und hoher Fistelstimme. Hohoho. Hihihi. Raumgreifend trat Jürgen ein. „Aaaah, der Jürgen Driewer", döhnte der Ruhmbach. Ohne Schürze hätte Jürgen ihn fast nicht erkannt. „Ey, das freut mich aber total, dich jetzt auch mal kennenzulernen, ne?", näselte die, die dann wohl Sabrina Becker sein musste. Zusammen setzten sie sich an den todschicken Besprechungstisch mit freiem Blick über Eins-a gepflegte Hefeler Fairways. Es gab Sushi. Kaum zwei Stunden später ging man zufrieden auseinander. Jürgen ausgestattet mit neuer Mitgliedschaft. Vorerst noch Zweitmitgliedschaft. „Unser Mann auf Landsberg", wie Rainer unter Lachen und Schulterklopfen einwarf. „Undercover find ich total sexy", schrillte Sabrina. Jürgen fand beides doof. Er war ja nicht Günter Guillaume. Eher so der Typ Edward Snowden. Ans Licht zerren, was ans Licht gezerrt gehörte. Zum Beispiel Landsberger Rückständigkeit. Darauf konnte man sich einigen. Hohoho. Hahaha. Hihihi. Jetzt hatte es Jürgen aber eilig. Er hatte seinen Leuten versprochen, zur Happy Hour nochmal im Office vorbeizuschauen. Weihnachtsansprache. Also nichts wie raus aus Pebble Beach, Glastreppe runter, durch die Gastro und am Front

Desk vorbei auf den Parkplatz. Der Roller war weg. Jürgen ließ sich vom Booking Assistant ein Taxi rufen. Bis das kam, verging eine gefühlte Ewigkeit. Ungute User Experience. Die ganze Rückfahrt über schaute Jürgen schweigend aus dem Fenster. Kurz vor dem Abzweig nach Heiligendorf sah er seinen Roller verbeult in der Böschung liegen. Blöde Assis.

An Golfspielen war jetzt nicht mehr zu denken. Bei Frost war der Platz gesperrt. Außerdem wurde es gar nicht mehr richtig hell. Landsberg fiel in tiefen Winterschlaf. Die Fairways gesandet. Das Gutshaus geschlossen. Die Scheiben hinter dicken Eisblumen. Zumindest in den oberen Stockwerken. Bis dahin war man mit der Doppelverglasung nie vorgedrungen. „Romantisch!", seufzten die einen. „Ruinös!", wetterten die anderen. Prominentester Vertreter der zweiten Fraktion war Ernst August von Schnakenbeck-Sondheim selbst. Gerade schaufelte er Hähnchen in Paprikasoße und Kartoffelpüree in sich rein, dazu eine Flasche 2015er Sassicaia. Landsberg musste weg. Der Graf war stocksauer. Seine verblödeten Anwälte hatten es versäumt, ihn auf die Kündigungsfristen des Pachtvertrags hinzuweisen. Jetzt stand der Verkauf unter keinem guten Stern. Nach § 593b BGB in Verbindung mit § 566 BGB würde der Erwerber in den Pachtvertrag eintreten müssen. Wer wäre denn bitteschön so blöd, das ohne einen gepfefferten Abschlag zu tun. „Alles wegreißen!", hatte Ernst August gewütet. Das ging so ohne weiteres auch nicht. Man lebte ja nicht mehr im Mittelalter. Und dann die Denkmalauflagen! Der Landschaftsschutz! „Sie dumme Sau! Wofür bezahle ich Sie denn?!" Der Graf neigte zu deftiger Sprache. Das bekam gerade Gerhard Plock zu spüren. Equity Partner der Kanzlei Plock Kerner Kannegießer. Der Anwalt war dem verdrießlichen Mahl über Freisprechanlage zugeschaltet.

„Graf Schnakenbeck, wenn Sie uns ein robustes Mandat erteilen, machen wir, was möglich ist." Schnakenbeck fuchtelte wild mit Messer und Gabel in der Luft herum. „Robustes Mandat. Sag ich doch. Alles wegreißen. Wenn Sie und Klim und Bim oder wie ihre anderen Bumsköppe da heißen, das nicht hinkriegen, dann sagen Sie es doch gleich!" Gerhard Plock war sich sicher, man würde schon irgendwie zusammenkommen. Da könne er auch im Namen der Herren Kerner und Kannegießer sprechen. Die ganze Kanzlei stehe Gewehr bei Fuß. „Sie sollen nicht blöd rumstehen auf meine Kosten, Mann. Ich will, dass Sie Ihren Arsch in Bewegung setzen und marschieren. Und zwar dalli!" Am anderen Ende der Leitung hörten das neben Gerhard Plock auch Klim und Bim beziehungsweise Kerner und Kannegießer. Hier ging es nicht um irgendwas und irgendwen. Die rechtlichen Belange der Familie von Schnakenbeck-Sondheim gehörten zum Brot-und-Butter-Geschäft. Damit war man groß geworden. Da warf man alles rein, was man an Qualität aufzubieten hatte. Jetzt kritzelte Kannegießer schnell etwas auf einen Notizzettel und schob ihn hastig rüber zu Plock. „Mir kommt da gerade ein Gedanke, Graf Schnakenbeck. Es gäbe da vielleicht schon noch eine rechtliche Handhabe. Im Ladenschluss." Kannegießer schüttelte heftig den Kopf. Warf wieder etwas auf Papier. Diesmal doppelt unterstrichen. „Ich korrigiere: im Landschaftsschutz." Gräfliches Grummeln und Grunzen. Dann in versöhnlicherem Ton: „Also gut, Plock. Dann machen Sie mal. Aber verschonen Sie mich mit dem Kleingedruckten. Alles, was ich will, sind Ergebnisse!"

Der Landschaftsschutz. Brilliant, wie der Kannegießer das mal eben so aus dem Ärmel geschüttelt hatte. Natürlich. Eine außerordentliche fristlose Kündigung des Pachtvertrags war nur bei

Vorliegen triftiger Gründe möglich. Den Pachtzins überwies Landsberg von je her pünktlich. Da ließ sich nichts machen. Aber wenn man nun nachweisen könnte, dass es dem Klienten aufgrund untragbaren Verhaltens nicht mehr zumutbar sei, das Vertragsverhältnis fortzusetzen ... Wenn da Schindluderei im Spiel war ... Fahrlässigkeit ... unverantwortliche Sauereien ... Ja, dann sähe die Sache schon wieder ganz anders aus. So was wie das Versickern von Hydrauliköl oder weiß der Henker was sonst noch für Giften in geschützter Landsberger Auenlandschaft. Was eben so austritt, wenn zwei Bagger über Monate am Herrenabschlag der Neun vor sich hin rosten. Gerhard Plock lächelte. Dann setzte er an zum Diktat: „Betreff: Abmahnung ...“

„Abmahnung?“ Sven war fassungslos. Tags zuvor war ein Mann in zerknittertem Anzug erschienen, der sich Anna-Lena Plock als zertifizierter Umweltgutachter vorgestellt hatte. Im Schlepptau ein Faktotum mit allerlei Stangen und Gerätschaften beladen. An der Neun hatte man begonnen die Stangen im Boden zu versenken und eine Reihe von Proben zu entnehmen. Dann hatte sich der schweigsame Gehilfe mit einer Taschenlampe unter die Brockmann'schen Bagger geschoben. Der Knitter-Mann hatte streng geguckt und in regelmäßigen Abständen was in seine Kladde notiert. Vor Abfahrt hatte man der verzagten Clubsekretärin noch zugerufen, nächste Woche wisse man mehr. Dann war der ganze Spuk vorbei. Und nun der Brief. Anna-Lena war ganz verzweifelt. Wieder musste sie mit toxischem Schreiben ins Haupthaus eilen. Nicht, dass das noch zur Gewohnheit würde. Zumindest hatte Sven diesmal schon deutlich dünnhäutiger reagiert. Auch weil diesmal mit Gerhard Plock ein Mitglied Absender war. Plock Kerner Kannegießer. PKK. Waren die nicht längst als terroristische Vereinigung eingestuft?

Wer solche Freunde hatte, brauchte keine Feinde. Abmahnung wegen Verstoßes gegen Umweltauflagen. Das war doch lächerlich. Neben Verweis auf potenzielle Leckagen des Brockmann'schen Maschinenparks wurde auch insinuiert, die intensive Pflege der Rasenflächen auf Landsberg könne mit ernstzunehmenden Einträgen in Grundwasser und „unsere wunderschöne Isel" einhergehen. Nitrite. Nitrate. Kali. Phosphate. Pestizide. Herbizide. Biozide. Zartere Naturen hätten sich, am Fuße der Seite angelangt, wohl gleich selbst in Intensivbehandlung begeben. Sven war auf hundertachtzig. Intensive Pflege der Rasenflächen? Ging es noch? Dieser Acker, ... Krautgarten, ...Wurmhaufen? Was Jakub und seine Jungs da im Jahr aufbrachten, wurde in Hefel wahrscheinlich an einem Tag verspritzt. Er musste sich abreagieren. Sven Gräther stapfte hinüber zur Driving Range und haute drei Eimer Bälle weg. Dann setzte er seine Vorstandskollegen über die aktuelle Lage ins Bild.

Kaum war die Abmahnung raus, hatten Plock Kerner Kannegießer nachgeladen. Die außerordentliche Kündigung lag ausgefertigt in der Schublade. Bis die Ergebnisse des Gutachtens vorlagen, würden weitere Schritte folgen müssen. Robustes Mandat, robuste Mittel, robuste Abrechnung. Da wurde nicht mit dem Florett gefochten. Da wurden Säbel, Bazookas und Granaten rausgeholt. Gerhard Plock wusste, dass man sich auf ein bisschen Hydrauliköl, Nitrite, Nitrate, Kali, Phosphate, Pestizide, Herbizide und Biozide nicht würde verlassen können. Das reichte vielleicht für ein Bußgeldverfahren. Aber außerordentliche Kündigung? Gar fristlos? Für solche Fälle wandte man sich an Sebastian Kracht. Krachts größtes Kapital war seine erstaunliche Konstitution. Die erlaubt es ihm, noch jeden unter den Tisch zu trinken: vom Redakteur bis zum Regierungsrat.

Über die Jahre war so ein hübsches Beziehungsgeflecht entstanden. Von detailliertem Wissen über allerlei Pikantes und Genantes einmal abgesehen. In der Causa Landsberg hatte Kracht zunächst einige Hintergrundgespräche mit ortsansässigen Medien und Behördenvertretern geführt. Dann wandte er sich als anonymer Whistleblower an ausgewählte Umweltgruppen und Aktionsbündnisse. Und schließlich setzte er einige seiner, wie er sagte, V-Leute ein, um beim Eintrag von Hydrauliköl in Landsberger Scholle vorsorglich nachzuhelfen. Alles das war in großer Stille und Unaufgeregtheit geschehen. Doch noch bevor die dritte Kerze auf dem Adventsgesteck im Gutsladen Haus Landsberg brannte, stellten sich ermutigende Fortschritte ein. Im Isenberger Anzeiger war ein schönes Stück erschienen, das zumindest mal die Frage aufwarf, ob man denn im GC Gut Landsberg den Herausforderungen eines zeitgemäßen Landschaftsschutzes noch gewachsen sei. In mehreren Amtszimmern der nahegelegenen Regierungshauptstadt wurden Stirnen in Falten gelegt. Und als Ursula Morgenroth an einem nebelig-grauen Dezembermorgen über ihre Auslagen hinweg auf das backsteinerne Torbogenhaus schaute, stand da ein versprengtes Grüppchen Demonstranten mit selbstgemalten Pappschildern. *Fuchs und Wolf statt Bonzen-Golf.* Das fand sie ja eigentlich ganz niedlich. Für Markus und Rita aber spitzte sich die Lage langsam zu. Nun hatte man die blöden Bagger endlich frei bekommen. Und dann das. „Ganz schlechte Nachrichten, Markus", diesmal war es Babette, „es geht um deine Bagger." Was denn mit denen sei? Für eine Schrecksekunde hatte Markus tatsächlich an Eisschollen gedacht. Aber als Babettes kleine Standpauke verklungen war und das Wort Regress in Großbuchstaben und ganzer Tragweite vor ihm stand, da war er nicht mehr so sicher, welcher Geschichte er den Vorzug geben sollte. Unter ihm: schwankender Boden. Über ihm: Rita und ihre Buchführung. Hinter ihm: spillerige Tanne mit Lichterkette und Strohsternen. Vor ihm: Profilbogen Immobilienverkauf, halb ausgefüllt. Er musste raus. Er musste zu Wagner Lotto-Presse-Tabak. Er musste ein paar Reihen spielen.

Im Hause Engel-Vermeer flötete Frans Brüggen eine Telemann-Fantasie. Ellen brauchte was für die Nerven. Die Kinder stritten sich schon seit dem frühen Morgen. Joshua hatte Amelies Adventskalender komplett leergefuttert. Darauf hatte Amelie Joshuas Kalender genommen und mit der Unterkante einmal fest auf die Tischplatte gehauen. Die ganze Schokolade war nach unten gerutscht. Da wölbte sich die Pappe zu einem unschönen Bauch. Der weitere Tagesverlauf war eine einzige Eskalationsspirale, Ellen mit ihren Interventionen gescheitert. Jetzt also Telemann. Frans Brüggen hatte Marijn mit in die Ehe gebracht. Een klein beetje nationale trots, wie er offen bekannte. Irgendwo im Haus setzte erneut Amelies und Joshuas Kampfgeheul ein. „Jetzt ist aber Ruhe! Wollt ihr, dass Grandpa Joseph euch so erlebt?" Um Himmels Willen! Das wollten die beiden natürlich nicht. Grandpa Joseph, in ihrem Fall ja eigentlich Great-Grandpa, stand bei den Kleinen in höchstem Ansehen. Den musste man bei Laune halten. Seine Geschenke und Mitbringsel stellten in ihrer Totalabsage an pädagogischen Mehrwert alles in den Schatten. Ein Platzpatronenrevolver zum Geburtstag. Eine Haifischflossenattrappe für den Badeurlaub. Ein Jetfighter-Modellbausatz zu Weihnachten. Nur blöd, dass Grandpa Joseph nicht auch noch Patenonkel war. Der Alte konnte aber auch zickig: Zu Weihnachten mussten Vers und Vorspiel sitzen, sonst rückte er mit den guten Sachen nicht raus. Einmal hatte Amelie ihr Blockflötenspiel achtmal wiederholen müssen, bis ihr *O du*

Fröhliche vor Grandpa Joseph Gnade fand. Dann winkte er die beiden zu sich heran und ließ sie mit geheimnisumwitterter Stimme wissen, er habe nämlich das absolute Gehör. Joshua und Amelie hatten sich das als so eine Art Superkraft vorgestellt. Seither waren sie von ihrem Urgroßvater nur noch mehr beeindruckt. Heute brachte Grandpa Joseph Überraschungseier mit. Immerhin. Ellen half ihm ins Wohnzimmer und in einen angemessen ausladenden Ohrensessel. Weil Tilz High Tea liebte, hatte sie schwer aufgefahren. Earl Grey, Sandwiches mit Lachs, Sandwiches mit Gurke, Scones, Clotted Cream, Erdbeermarmelade und kleine Zitronentartes mit Baiser. „Oh, mein Ellielein, das ist aber ganz nach meinem Geschmack", freute er sich. Recht so, schließlich gab es Unerfreuliches zu besprechen. Projekt Zukunft war zuletzt doch arg in die Defensive geraten. Dieser Tage freute man sich auf Landsberg ja schon über Schadenbegrenzung. „Hast du neulich den Isenberger Anzeiger gelesen, Grandpa?" Tilz lugte verständnislos von seinem angebissenen Gurkensandwich auf. „Du weißt doch, dass ich dieses Käseblatt nicht lese."

„Dann weißt du auch nicht, was die über Landsberg geschrieben haben?" Doch, das wusste Tilz. Obgleich selbst Abonnent der Neuen Zürcher Zeitung war er in lokalen Belangen stets gut informiert. Er hatte seine Quellen. Die Zugehfrau. Der Gärtner. Die Arzthelferin. „Pfeifen auf dem letzten Loch? Das meinst du doch, oder? Dieses Stück Gefälligkeitsjournalismus. An deiner Stelle würd ich den feinen Herrn Plock mal fragen, wo denn seine Loyalitäten liegen." Als Ellen nicht verstand, setzte ihr Tilz die Sache auseinander: Graf hat Anwalt. Anwalt hat Kettenhund. Kettenhund hat Zähne. „Denkst du, das hätte ich zu meiner Zeit nicht genauso gemacht?" Nein, das hatte Ellen nicht gedacht. „Und was ich dir da aus eigener leidvoller Erfahrung sagen kann: So was machst du nicht, wenn die Dinge günstig stehen." Der Alte machte sich über weitere Toasthappen her. Hoffentlich würde er heute nicht mehr Trompete spielen. Schließlich reinigte er seine Finger sorgfältig an der hauchdünnen Papierserviette. Dabei fragte er beiläufig: „Was lernen wir aus alledem, Ellen?"

„Ja, was?"

„Dass der Herr Graf ein Problem hat. Und ich gehe wohl nicht fehl, anzunehmen, das Problem heißt: keine Käufer für Landsberg." Ellens Stimmung hellte sich zusehends auf. „Also würdest du mir raten, vorerst weiter nichts zu tun?" Grandpa Joseph machte große Augen. „Nichtstun? Liebes Kind, ich bitte dich. Lass niemals eine Krise ungenutzt verstreichen!" Dann waren die Zitronentartes mit Baiser an der Reihe.

Auch in Hefel hatte man den Isenberger Anzeiger aufmerksam gelesen. Nur hatte man die Sache noch nicht bis zum Grafen zurückverfolgt. Dessen Verkaufsabsichten kamen gelegen. Hefel war auf Expansionskurs. Die Kriegskasse war gut gefüllt. Was man bräuchte, wären mehr auswärtige Gäste. Die zahlungskräftige Klientel für exklusive Golf- und Wellness-Wochenenden. Auch Fernmitgliedschaften. Da war viel Geld zu machen. Vorausgesetzt man verfügte über ein entsprechend attraktives Hotelangebot. Was Malerisches. Was fürs Gemüt. So was wie Landsberg. „Kaufen wir die Bruchbude doch einfach", hatte Rainer Ruhmbach ziemlich bald vorgeschlagen. „Der olle Schnakenbeck findet dafür doch nie einen Käufer." Für einen Appel und ein Ei würde man die Konkurrenz übernehmen können, da sollten sie mal sehen. Bei dem Renovierungsstau.

Der Renovierungsstau allerdings war es nicht, der dem Vorstand Gut Landsberg gerade Kopfzerbrechen bereitete. Erste Ergebnisse des Umweltgutachtens lagen jetzt vor. „Oh, oh, oh …", war alles, was Volker Spindler sagte, als Sven die wesentlichen Inhalte des Berichts paraphrasierte. Erhebliche Einträge von Hydrauliköl. Dann eine Liste mit Einzelpositionen zu Nitriten, Nitraten, Kali, Phosphaten, Pestiziden, Herbiziden und Bioziden. Sofern Sven die Zahlenkolonnen richtig interpretierte, wurden auch hier die kritischen Grenzwerte überschritten. Eine Katastrophe. Zumindest aber war dies ja erst ein Zwischenbescheid. Die Verfasser ließen wissen, dass weitere Analysen notwendig seien, um die gutachterliche Tätigkeit in gebotener Sorgfalt abzuschließen. Man werde sich dann beizeiten wieder melden. „Oh, oh, oh …", sagte jetzt auch Berthold Siepenkötter. Babette Wieler sagte „Papperlapapp". Man solle die Flinte mal nicht zu früh ins Korn werfen. Die ganze Sache stinke zum Himmel. Sie halte ja nicht viel von dem Brockmann, aber spätestens beim Umparken seiner Bagger neulich hätte dem doch auffallen müssen, dass die ganze Brühe da rausgelaufen kommt. Und wenn er die dann einfach fünf Meter weiter abgestellt hätte, ja, dann hätten ja wohl nicht nur seine Bagger ein paar Schrauben locker. Ein überzeugendes Argument. Auch wenn man sich bei dem Markus Brockmann nicht ganz sicher sein konnte. Der war schon ein bisschen verpeilt. Doch unter den gegebenen Umständen zählte alles, was Stab und Stütze war. Apropos Stab und Stütze: Vielleicht sollte man bei Gelegenheit mal den Christoph Guldenreiter fragen, was der sich so zum Thema Arbeitgeberattraktivität ausgedacht hatte.

„Weihnachtskörbe", antwortete Christoph, als Ellen ihn fragte, wie er denn gedenke, in schwerer Zeit die Stimmung der Mannschaft zu heben. „Weihnachtskörbe? Wow!", ätzte Thomas. „Also, richtig so: ein Pfund Kaffee. Bananen. Hartwurst. Eine Flasche Korn? Ich würde mich freuen wie ein Itsch." Mit Thomas war eine ganz neue Dynamik in das Kompetenzteam eingezogen. Er konnte austeilen. Aber auch einstecken. Jürgen war ja immer gleich beleidigt gewesen. Christoph war jetzt allerdings auch etwas angefasst. „Hast du eine bessere Idee? Olek aufspritzen? Jakub absaugen? Die Morgenroth grunderneuern? Alles, was ich sage: Wir müssen den Leuten zeigen, dass wir an sie denken. Dass wir eine Familie sind." „Wir sind aber keine Familie!", sagte Ellen, „Die Firma ist nicht dein Freund." Das klang hart, war aber auf den Punkt. „Nichts schweißt die Truppen besser zusammen als der Feind von außen." „Davon versteh ich nichts. Ich hab Zivildienst gemacht", sagte Christoph. „Mich haben sie ausgemustert", sagte Thomas, „aber ich muss zugeben, der Schnakenbeck-Sondheim gibt einen super Erzfeind ab. Ich würde den ja mit Gert Fröbe besetzen, wenn der noch lebte. So ein richtiger Goldfinger." „Ja. So ein richtiger Goldfinger", stimmte Ellen zu. „Und was die Ursula Morgenroths dieser Welt wollen, wenn so ein Goldfinger um die Ecke kommt, ist eine starke Pussy Galore. Von mir aus auch ein James Bond. Kein Pfund Kaffee."

„Also, was machen wir?", wollte Thomas wissen. „Was ich aus Goldfinger erinnere, ist, wie Bond sagt: Man trinkt nie einen 53er Don Perignon, wenn er eine Temperatur von über acht Grad hat. Bringt uns das weiter?"

„Unbedingt!", freute sich Christoph. „Vergiss die Weihnachtskörbe. Jeder kriegt eine Flasche Champagner!" Und so geschah es. Was die Runde allerdings auch vereinbarte, war zu tun, was Ellen „einen Stein ins Wasser werfen" nannte. In diesem Fall ein Brief an Goldfinger, nein, Schnakenbeck-Sondheim, in dem man dem Grafen freundlich, aber bestimmt mitteilte, sein Plan sei zwar hinreichend teuflisch, die Ausführung durch seine Handlanger aber dermaßen stümperhaft, dass er sich mal ganz warm anziehen solle. Das war weit aus dem Fenster gelehnt. Aber was hatte man schon zu verlieren? Eben.

Ursula Morgenroth war empört. Mehr noch: Sie fühlte sich verraten. Adel und Titel hatten ihr immer viel bedeutet. Neidvoll guckte sie auf Großbritannien. Die Königsfamilie war schon ein anderes Kaliber als so ein Bundespräsident. Nicht, dass sie Landsberg mit einem Staat hätte vergleichen wollen. Aber es hatte ihr durchaus gefallen, dass da irgendwo über allem der Graf Schnakenbeck thronte. In ihrer kindlichen Vorstellung ein gütiger Lehnsherr. Einer der wohlgefällig die schützenden Hände über einen breitet. Von Gottes Gnaden, nicht in Wählers Willen. Die ganze schöne Idee platzte wie eine Seifenblase, als Sven jetzt sagte: „Wir werden angegriffen. Vergessen Sie das nicht." Das war der Moment, als Ursula Morgenroths Empörung einsetzte. „Wir haben Grund zu der Annahme, dass die Gegenpartei auch vor schmutzigen Mitteln nicht zurückschreckt." Das war der Moment, als Ursula Morgenroths Empörung wuchs. „Aber seien Sie versichert: Wir werden kämpfen. Für Sie und mit Ihnen. Bis zur letzten Instanz." Und das war der Moment, als Ursula Morgenroths Empörung in eiserne Entschlossenheit umschlug. Anna-Lena Posch empörte sich nicht. Die freute sich einfach nur über den Champagner, den jeder von ihnen bekommen hatte. Das war doch wirklich mal eine nette Idee. Olek mochte keinen Champagner. Er mochte aber Anna-Lena. Da hatte sie schon zwei Flaschen. Doch auch ohne Schampus und aufrüttelnde Worte stand Olek treu bei der Fahne. Genauso wie Jakub. Beide fühlten sich bei der Ehre gepackt von dem dubiosen Gutachten. Beate Severing wiederum war mindestens so empört wie Ursula Morgenroth. Grund dafür war aber nicht der schändliche Graf, sondern Olek. Frau Severing mochte Champagner und sie mochte Olek. Dass der seine Flasche vor aller Augen an Anna-Lena weiterreichte, war doppelt bitter. Außerdem war der Manfred trockener Alkoholiker. Wie konnte man so jemandem Champagner schenken? Wie krank war das denn? Der sollte seine Pulle mal ganz schnell bei ihr abliefern. Endlich dankte Sven den Versammelten für das gute gemeinsame Jahr, wünschte frohe Festtage und freute sich auf ein gesundes Wiedersehen nach der Winterpause. „Wenn die Batterien aufgeladen sind und wir wieder richtig angreifen", wie er sagte. Das war's. Jetzt konnte Weihnachten kommen.

Und Weihnachten kam. Der Geist der vergangenen Weihnacht feierte wie jedes Jahr bei den Engel-Vermeers in den Breiten Eichen: Toller Baum. Leckeres Essen. Alles in allem anständige Leute. Immer wieder gerne. Der Geist der gegenwärtigen Weihnacht verlebte einen ziemlich drögen Abend mit Rita und Markus. Hätte er das vorher gewusst, hätte er einen großen Bogen um den Hardenberghang gemacht. Und der Geist der zukünftigen Weihnacht? Der duellierte sich mit Ernst August von Schnakenbeck-Sondheim im Kampftrinken. Das hätte er besser bleiben lassen.

Dass die Engel-Vermeer-Familie sich am Weihnachtsabend noch immer bei Grandpa Joseph traf, war ein Kuriosum. Der Alte war längst über das Alter hinweg, in dem man mit Freuden Familienfeste ausrichtet. Aber man hatte ja Hilfe. Und Weihnachten fern der Breiten Eichen wäre für Joshua und Amelie kein Weihnachten gewesen. Als Irmtraud Engel noch lebte, war das fast schon ein überweltliches Spektakel gewesen. Gold und

Purpur so weit das Auge reichte. Und das Auge reichte weit in den Breiten Eichen. Dazu der Duft von Weihrauch und Myrrhe. Fast bis zur Besinnungslosigkeit. Auf jedem Tischchen, Kommödchen, Schränkchen türmte sich Selbstgebackenes, lugten Schokoladennikoläuse hervor, rollten Halloren Kugeln und andere Köstlichkeiten. Der Christbaum wurde im Schnakenbeck'schen Forst geschlagen. Der hätte auch im Bundeskanzleramt stehen können. Und wenn später dann, nach festlichem Mahl, Tilz' Trompete erklang, meinte man wirklich, die Himmelspforten würden sich öffnen. Marijn hatte die altehrwürdigen Familientraditionen vorsichtig erweitert. Mit ihm kamen Christmas Cracker, Papierkronen und Weihnachtspullover ins Spiel. Außerdem gab es holländischen Eierpunsch. O du Fröhliche! Seit Irmtrauds Tod vor sechs Jahren wurde die familiäre Runde um einen seltsamen Hausfreund erweitert. Von ihrem ersten Zusammentreffen an hatte Ellen den irritierenden Verdacht, es könne sich um einen lange versteckten Halbbruder handeln. Julius Lichter. Klein von Wuchs. Hände wie Bratpfannen. Seltsam kindliche Gesichtszüge. Dann war der Mann auch noch Geistlicher. Redete verschwurbeltes Zeug. Sachen wie: „Was für ein segensreicher Abend", „Lasst uns stille Einkehr halten" oder „Euer Wohl ist mein Trachten". Bei Tisch saß er eingerahmt von Heidrun und Johann Engel. Offensichtlich ein Sitzzwerg. Beim Essen sah es so aus, als würde da ein Kopf auf dem Teller liegen. Immerhin hing Heidrun den ganzen Abend an seinen Lippen. Als man mit der Vorsuppe fertig war, ergriff Ellen das Wort. „Gestern morgen war ein Brief in der Post. Pünktlich zum Fest."

„Gratifikation?", wollte Grandpa Joseph wissen. „Weißt du was davon?", wandte sich Heidrun fragend an Johann. „Kunde von lange verschollenem Freunde?", fistelte der Kopf auf dem

Teller. „Nichts von alledem", fuhr Ellen fort, „der Brief war gar nicht an uns gerichtet. Der lag im Postkasten in Landsberg. Und er kam auch nicht von einem lange verschollenen Freund. Er kam von diesem Umweltgutachter. Also egal, was heute noch unterm Baum liegt, das ist das schönste Weihnachtsgeschenk." Amelie und Joshua wechselten enttäuschte Blicke. „In dem Schreiben steht: Das Hydrauliköl und all der Schweinskram, den man da im Boden an der Neun gefunden hat, ist nicht einfach eingesickert. Das muss einer eimerweise da hingekippt haben. Sabotage. Das konnten die einwandfrei nachweisen, anhand Sickergeschwindigkeit, Konzentrationswerten und solcher Sachen. Langer Rede kurzer Sinn: Landsberg ist gerettet."

„Vorerst", gab Grandpa Joseph zu bedenken, „aber wie dem auch sei, mein Ellielein, die Fisimatenten kommen ans Licht. Das ist wahrlich mal eine Freudenbotschaft!" Und so wurde es ein besonders schönes Weihnachten. Nach Bescherung und Trompetenspiel, nur was ganz Kurzes, Grandpa Joseph blieb jetzt doch häufiger die Luft weg, brachte der Hausherr einen Stoß Fotoalben und Videokassetten zum Vorschein. Opa Johann seufzte laut auf beim Anblick seines ersten Ponys. Heidrun schwelgte im Anblick längst vergessener Faltenröckchen und Rüschenkrägelchen – „OGottogottogott, was sah die Ellie niedlich aus damals, was, Johann?" Die Kinder wollten wissen, welche Vintage-Filter ihr Großvater verwendet hatte. Ellen fand sich versetzt an seltsam vertraute Orte. Erkannte jedes Haus, jede Straße, jeden Baum wieder. Urlaube. Familienfeste. Ihre Hochzeit mit Marijn. Joshua und Amelie im Zeitraffer heranwachsend. Und immer wieder Oma Irmtraud. Grandpa Joseph wischte sich eine Träne aus dem Augenwinkel. Ellen drückte ihren Marijn fest an sich. Der vermeintliche Halbbruder aber saß nur da und schaute dem seligen Treiben zu. „Ja, ja, die

Schatten der Vergangenheit", sagte er versonnen, als er einmal mehr den kleinen Schemel in der Kaminecke verließ, um sich erneut von dem Eierpunsch zu holen. So ein netter Abend. Nächstes Jahr würde er wiederkommen.

Bei Rita und Markus wollte keine rechte Festtagsfreude aufkommen. Der befreundete Makler, Björn Fackelmann, eher flüchtiger Bekannter, hockte mit am Tisch. Der hatte ja sonst niemanden. Und weil Weihnachten war, hatte Rita ihn bei der letzten Begegnung kurzerhand dazu geladen. Das erwies sich als Stimmungstöter. Der arme Mann konnte nichts dafür. War einfach fleischgewordenes Zeugnis des näherrückenden Hausverkaufs. Als Gastgeschenk aber hatte er ordentlich aufgefahren: ein ganzes Fass Weihnachtsbier, Jahrgangschampagner, Austern, Truthahn, Gans, Wildbret, jede Menge Würste und Pasteten. Ein unanständig großer Stollen nebst Plumpudding und brodelnder Punschbowle waren auch mit im Gepäck. Alles auf Werbungskosten. Die Geschäfte mussten gut laufen. Überhaupt war Fackelmann eine muntere Erscheinung. Vielleicht Ende vierzig. Wallende Hippiemähne. Das grüne Seidenhemd bis zum dritten Knopf geöffnet. Goldkettchen auf üppigem Brusthaar. „Ein Schlickefänger", wie Rita sagte. Mit Vorsicht zu genießen, aber das Herz am rechten Fleck. Markus' erstaunter Blick wanderte über die reichlich gedeckte Tafel. „Und Björn, was ist das Geheimnis hinter deinem Erfolg?" Eine Eisbrecherfrage, um eventuelle Befangenheit des Gastes zu lösen. „Ich", antwortete Björn gänzlich unbefangen. „Keine falsche Bescheidenheit", lachte Rita, „bringt diese Kraft nur Kulinarisches hervor oder verkauft sie auch Immobilien am Hardenberghang?" Björn blickte sie mit so viel Wärme und Anteilnahme an, dass sie die offenkundige Dreistigkeit seiner Antwort glatt überhörte. „Jede Immobilie", rief er, „vor allem die, die meiner Kraft am meisten bedürfen." Da blieb Markus glatt die Spucke weg. Wollte der Kerl sich an Rita ranschmeißen? Das war ja wohl die Höhe! Aber seltsam: Sein Groll war wie verflogen, sobald die freundlichen Augen des Gastes auf ihm ruhten. Der schwadronierte nun drauflos: von Unwissenheit und Mangel, Angebot und Nachfrage. Von jenen, die hätten, aber nichts ahnten von dessen Wert und jenen, die wollten, aber nicht wüssten, wo zu suchen und zu finden. Und so sei es schließlich an ihm, Björn Fackelmann, Unwissenheit und Mangel zu besiegen. Angebot und Nachfrage zusammenzuführen. Haben und Wollen in Einklang zu bringen. Und der Hardenberghang, das müsse er jetzt einfach mal sagen, das sei ja eine echte Traumimmobilie. Rita und Markus ein echtes Traumpaar. Da wisse man doch wieder, wofür man sich krumm mache den lieben langen Tag. Nett gesagt. Aber man hatte sich nicht Besuch eingeladen, um am Heiligen Abend lang und breit über den Verkauf der eigenen vier Wände doziert zu bekommen. „Jetzt machen wir es uns mal nett", sagte Rita endlich, „spielst du Canasta, Björn?" Nein, spielte Björn nicht. Also vertagte man die Entscheidung über den weiteren Verlauf des Abends und wandte sich dem Essen zu. Vielleicht ein bisschen Musik? Markus entschied sich für das Vince Guaraldi Trio. Charlie Brown Christmas. Ob Björn die Platte kenne. Nein. Die Unterhaltung plätscherte so dahin. Zwangskonversation. Jetzt wussten Rita und Markus auch, warum der sonst niemanden hatte. Irgendwann landete man beim Bingo. Was eine Pleite. Nach einer gefühlten Ewigkeit meinte Björn endlich, er müsse dann mal. „Danke für diesen sehr, sehr netten Abend in eurem sehr, sehr netten Heim." Rita und Markus winkten ab und verwiesen auf die sehr, sehr reichliche Beköstigung. Ob man dem Björn denn noch was einpacken könne von all dem guten Essen? Aber das wollte er auch nicht. Schließlich sagte Markus: „Also, deine Gans war ein Gedicht. Kein Vergleich zu der auf Landsberg und wahrscheinlich mindestens so gut wie die gefeierte Hefeler Weihnachtsgans." Jetzt ruhten Björns unendlich sanfte Augen wieder ganz auf ihm: „Na, die werdet ihr dann doch wohl im nächsten Jahr auch bekommen, die Hefeler Weihnachtsgans. Gute Nacht, ihr beiden." Rita stutzte. „Wieso …?" Aber da stapfte Björn bereits im aufziehenden Nebel davon.

Der Weihnachtsabend war weit fortgeschritten. Es ging auf Mitternacht. Die Heiligendorfer Landstraße lag still und öde im Schein der hier immer spärlicher gereihten Laternen. An der Haltestelle Kattenturm hielt ein einsamer Bus. Blinkte einige Male matt auf im Nebel und setzte sich dann wieder träge in Bewegung Richtung Isenberg. Gerade als sich die Türen schlossen, im allerletzten Moment, unbemerkt und völlig lautlos, sprang mit einiger Geschicklichkeit ein schwarzer Kater auf. Riesengroß, nachtschwarz, mit langen Vibrissen. Das Tier nahm sich einen Platz in den hinteren Sitzreihen, schaute verdrießlich in den Nebel hinaus und begann sich ausgiebig zu putzen. Nächster Halt: An der Fliehburg. Hier sprang der Kater behände ab, tänzelte ein Stück die verlassene Landstraße entlang, links, rechts, links und hinüber zur Hausnummer 26, huschte durch die blickdichte Hecke, über die ausladende Rasenfläche, hin zu der in Betonoptik gehaltenen Außenfassade des Wahnfried-Kartons. So nannte Ernst August von Schnakenbeck-Sondheim den ebenerdig hingestreckten Bungalow, in den er sich seit Jahren gänzlich zurückgezogen hatte. Keine Treppen. Barrierefreier Zugang zur Hausbar. Versenkbares Panoramafenster gartenseitig. Dahinter lag Ernst August nun bäuchlings auf dem Eichenparkett. Neben sich Erbrochenes, allerlei Leergut und ein Martiniglas. Ihm gegenüber, hinter der Scheibe: nachtschwarzer Kater. Miau, Miau. Aufrecht auf den Hinterbeinen stehend. Schnurr, Schnurr. Den buschigen Schwanz zu einem Fragezeichen gekrümmt. Maunz, Maunz. Ernst Augusts wässriger Blick lag lange auf dem seltsamen Tier. Das schien mit jedem Wimpernschlag größer zu werden. „Wie eine ausgewachsene Wildsau", wunderte er sich. „Party!", kreischte der Kater durchdringend und machte Ernst August Zeichen, die Scheibe herunterzulassen. Der wusste nicht recht. „Ach, bitte ...", schnurrte der Kater und klimperte mit grünen Augen, „bitte, bitte, bitte, bitte ..." Ernst August war verwirrt, schloss für einige Momente die müden Lider. Öffnete sie wieder und sah noch immer: nachtschwarzen Kater hinter randlosem Panoramaglas. „Bitte, bitte, bitte, bitte ..." Nun wurde es ihm aber langsam zu bunt. War man verabredet? Der Kater zog eine leuchtend grüne Flasche Minzlikör hervor. „Ich habe auch was mitgebracht, Miau." Na, wenn das so war. Ernst August tastete nach der Fernbedienung, patschte tumb auf den Knöpfen herum. Lichter verlöschten und erstrahlten wieder, dann, endlich, setzte sich die Scheibe surrend in Bewegung. Ein wohltuender Schwall kühler Nachtluft kam zu ihm hereingeweht. Gefolgt von trippelndem Katzentier. „Bist du wirklich?", lallte Ernst August mühsam. „Bist du tot?", lachte der Kater zurück. Dann half er dem trunkenen Grafen auf die Beine und führte ihn Schritt für Schritt hinüber zum Esstisch. „Nicht in bester Verfassung, Euer Gnaden, wie?" Was wurde das hier? Hatten Plock Kerner Kannegießer diesen fantastischen Gecken losgelassen? „Ich bin nicht Euer Gnaden", brachte Ernst August mühsam hervor. „Wie Ihr meint, Hochwürden. Wollt Ihr mir nicht etwas zu trinken anbieten?" Warum nicht, er war einem Schluck jetzt auch nicht abgeneigt.

Ernst August füllte zwei Gläser mit klebrig-grünem Likör. Die Lebensgeister kehrten langsam zurück. Mit ihnen auch das Misstrauen. „Also sag schon, schickt dich der Plock?" Das Katergesicht funkelte hinter zum Salut erhobenem Glas hervor. „Also sag schon", äffte das dreiste Viech Ernst August nach, „schickt mich der Plock? Schickt dich zum Teufel? Ha'm wir verloren, Hochwohlgeboren? Droht Gefahr von PKK?"

Die drohte tatsächlich. Vielleicht nicht für Leib und Leben, aber doch in finanzieller Hinsicht. Kurz vor den Feiertagen war das vermaledeite Gutachten zur Bodenbelastung auf Landsberg hereingeschneit gekommen. Der Graf reagierte darauf mit einem seiner schweren Tobsuchtsanfälle. Wer mochte es ihm verdenken. Als er Plock auch stellvertretend für Kerner und Kannegießer ordentlich zur Schnecke machen wollte, hatte der überraschend kühl reagiert. Nicht, dass es eine große Sache sei, aber in der Buchhaltung habe man doch registriert, dass mehrere Faktura des Grafen offen stünden. Auch die eine oder andere Mahnung sei unbeantwortet geblieben. Sicher nur ein bedauernswertes Missverständnis. Gleichwohl wisse er ja: Robustes Mandat. Robuste Mittel. Robuste Abrechnung. Und so müsse man nun auf Zahlung drängen. Man habe ja schließlich selber so seine Auslagen. „Pleite!", miaute der späte Gast, der Ernst Augusts Gedanken mühelos zu lesen schien, „Eure königliche Hoheit sind nicht liquide. Darauf lasst uns noch einen trinken." Und zwei und drei und vier. Und als der Morgen graute, gelang es Ernst August von Schnakenbeck-Sondheim noch irgendwie, den Knopf auf seinem Hausnotrufarmband zu aktivieren. Die Johanniter fanden ihn als kolossalen Fleischsack über seinem Esstisch hängen. Mittelschwerer Schlaganfall.

Sie hatten schon Schlimmeres gesehen. Zum Beispiel, was sie schräg hinter dem Grafen zwischen leeren Flaschen erblickten: Da hockte ein fetter schwarzer Kater und schleckte seelenruhig Erbrochenes auf.

Deus ex machina

Der Kampf um Landsberg hielt Ellen auch über die Jahreswende beschäftigt. „Hier ist immer schon gekämpft worden", hatte Grandpa Joseph ihr von Klein auf eingebimst. Das war sicher richtig. Das gehörte dazu. Da durfte man sich nicht Bange machen lassen. Musste unverrückbar bleiben in seinem Glauben. Der bloße Gedanke, Schloss und Land an irgendwelche unwürdigen Tölpel verlieren zu können, war Ellen unerträglich. Da ging es nicht um Golf. Landsberg war viel mehr: Tausend Jahre Geschichte lagen auf dem Ort. Wäre sie Ernst August von Schnakenbeck-Sondheim gewesen, sie hätte ihr Erbe mit Zähnen und Klauen verteidigt. Es zu hüten. Es zu wahren. Es zu schützen – koste es, was es wolle. Einmal, als sie noch ein kleines Mädchen war, hatte ihr Onkel Spörli die Geschichte vom heiligen Ludgerus und dem Gänsehammer erzählt. Ludgerus, damals noch Luidger geheißen, hatte keine Lust gehabt, Bischof zu werden in Münster. Karl der Große musste ein Machtwort sprechen. Er habe nicht Land und Leute von den Sachsen befreit und zu guten Christen bekehrt, damit ihm jetzt lautere Bitte verwehrt bliebe. Luidger hatte eingelenkt. War als Bischof nach Münster gegangen. Hatte allein mit dem Schwert des Glaubens eine üble Gänseplage beendet. Die Viecher hatten den Bauern die letzte Saat von den Feldern gefressen. Keine kleine Sache damals. Zum Dank für seine Kaisertreue und eingedenk seiner Wundertat hatte ihm Karl ein gewaltiges Schwert schmieden lassen: den Gänsehammer. Symbol des Glaubenskampfes. Zeugnis des Wunderwirkens. Im Knauf eingelassen zur einen Seite das Karolus-Monogramm: Die Buchstaben K-R-L-S über ein Kreuz verbunden. Zur anderen Seite die namensgebende Gans. Warum das Ding Gänsehammer geheißen wurde und nicht Gänseschwert, wusste auch Onkel Spörli nicht zu sagen. Wohl aber, das Luidger es zum Ende seiner Tage an den Ort hatte bringen lassen, der seinem Herzen noch immer am nächsten lag. Isenberg. Dort, so der alte Petz verschwörerisch, hätte das Geschlecht derer von Schnackenbecks den Schatz über Generationen gehütet. Gefunden worden aber sei der Gänsehammer nimmermehr. Sehr bedauerlich, dachte Ellen jetzt. Symbol des Glaubenskampfes. Zeugnis des Wunderwirkens. Genau das, was sie jetzt gebraucht hätte. Gegen Anwalt, Kettenhund und Zähne hatte sie einstweilen gesiegt. Doch der Verkauf von Landsberg rückte unaufhaltsam näher.

Zu Beginn des Spring Terms handelte sich Yannick Plock einen Verweis von der St Leonards School ein. Die Cannabisplantage im Schulgarten war aufgeflogen. Ende der Fahnenstange. Seine Eltern waren gründlich bedient. „Willst du auch so enden wie diese Matschbirne Schnakenbeck?", hatte ihn Henriette Plock angeherrscht. Das war natürlich eine rhetorische Frage. Zu seiner Verteidigung brachte Yannick hervor, der Anbau sei nicht für den Eigenkonsum bestimmt gewesen. Das sei rein geschäftlich. „Mein Junge!", dachte Gerhard Plock stolz, ließ sich aber nichts anmerken. Hier musste klare Kante gezeigt werden. Verdammte Schande! Obwohl: Schon in der Nachkriegszeit hatten die Plocks ihr Vermögen auf das Schwarzbrennen von Zuckerrübenschnaps gebaut. Das würde er Yannick mal bei anderer Gelegenheit erzählen. „Erfolg, mein Junge", sagte er stattdessen, „Erfolg hat einen strengen Lehrmeister. Weißt du, wie der heißt?" Das hörte Yannick nicht zum ersten Mal. „Disziplin", antwortete er ohne nachzudenken. „Ja, Disziplin", nickte Gerhard Plock. „Da kannst du dir mal ein Beispiel nehmen an deiner Schwester in Baton Rouge. An deinem Bruder in Auckland.

An deiner Cousine in ..." und dann folgte eine ziemlich lange Aufzählung disziplinierter Plocks, bei denen man allerdings gut daran tat, auch nicht allzu genau hinzuschauen. Selbst Vater Gerhards Weste war nicht so weiß, wie er gerne glauben machte. Die ganzen Geschichten mit diesem schmierigen Subjekt Sebastian Kracht. „Unerträglich!" fand Henriette das. Deshalb fragte sie lieber auch nicht weiter nach, was der eigentlich so trieb im Auftrag von Plock Kerner Kannegießer. Alles, was sie wusste, war, dass ihr Mann mit seiner dämlichen Abmahnung dafür gesorgt hatte, dass sie auf Landsberg kaum mehr gegrüßt wurden. Das war nicht weiter verwunderlich. Einen Stein ins Wasser werfen. Ellen hatte darunter seinerzeit nicht nur den geharnischten Brief an Schnakenbeck-Sondheim verstanden. Das beinhaltete auch maximale Öffentlichkeit auf Landsberger Bühne. Beim Bridge. Beim Gänseessen. Beim Sich-die-Finger-wund-Telefonieren. „Hast du das mit dem Plock gehört ...?" Nicht auszudenken, wenn jetzt auch noch die Sache mit Yannick ruchbar würde. Am Ende hatte Henriette eine harte Lektion gelernt: Ja, Erfolg machte zuweilen einsam. Auch Gerhard zog seine Lehren aus dem Schlamassel: Der Kannegießer war ein Kretin. Wessen Idee war das denn, bitteschön: Landschaftsschutz. Zweimal unterstrichen. Jetzt also Zwangsversteigerung von Landsberg. Jeden roten Heller würde er aus dem Schnakenbeck rausquetschen. Gestern hatte ihn schon so eine Trulla vom GC Hefel kontaktiert. Sabrina Becker. Die hatte wissen wollen, ob es nicht eine Möglichkeit gebe, das Objekt schon vor der Auktion zu erwerben. „2,5 Millionen auf den Tisch des Hauses und Ihr Graf hat den ganzen Ärger von der Backe, ne." Plock hatte in der Sache nicht weiterhelfen können. Schließlich war er Partei und der Verkaufsprozess oblag jetzt der Gläubigerbank. Für alle Fälle aber hatte er sich Hefel schonmal als Anwalt und Notar empfohlen. Wenn die Sache spruchreif würde, bräuchte man ja Rechtsbeistand. Und in Sachen Landsberg kenne er sich bestens aus. „Ja, supi", hatte die Becker geflötet. Da sei es ja doch gut, dass sie zwei Hübschen schonmal gequatscht hätten. Eine etwas gewöhnliche Person. Aber immerhin: Erste Kontakte zum potenziellen Neu-Eigentümer waren geknüpft. Das würde er diesmal allein machen. Ohne den Kerner. Schon gar ohne den Kannegießer. Die Scharte musste ausgewetzt werden.

Auch Rita und Markus begannen im Januar erste Kontakte zu potenziellen Neu-Eigentümern zu knüpfen. Ein unerfreuliches Kapitel. Seit ihr Domizil online inseriert war, trieben sie täglich mindestens drei Besuchergruppen durchs Haus. Von Björn Fackelmann seit jenem Weihnachtsabend keine Spur mehr. Wie vom Erdboden verschluckt. Dafür immer wieder neue Mitarbeiter von Fackelmann Immobilien. Ein jeder ausgestattet mit Klemmbrett und Bluetooth-Headset. Die hakten ständig irgendwelche Listen ab und hielten sich flüsternd die Hand ans Ohr. Als hätte man den BND, das FBI und die CIA im Haus. Offensichtlich standen die über Satellit fortwährend in Kontakt mit ihrer Estate Agent Basis. Am schlimmsten aber waren die Interessenten, die diese Leute unablässig auf das Grundstück schleusten. Der Großteil schien eher einem perversen Freizeitvergnügen nachzuhängen. Kleiner Ausflug. Mal gucken, wie die so wohnen am besseren Ende des Hardenberghangs. Vielleicht ein paar Knabbereien abgreifen. Den Fehler hatten Rita und Markus nach dem ersten Besuchstag nicht mehr gemacht. Da hatten sie noch Kaffee, Kaltgetränke und kleine Häppchen aufgefahren. Auch ließ man sich zunächst bereitwillig auf allerlei Nonsense-Gespräche ein. Denkwürdig fand Markus die Frage, ob er den Bimsstein an der Badewanne auch zur Fußpflege nutze. Ein junges Pärchen hielt sich zur gegenseitigen Belustigung diversen Nippes unter die Nase. Dann sagte sie halb amüsiert, halb mitleidig zu Rita gewandt: „Sorry, aber das wäre ja so gar nicht meins. Haben Sie vielleicht mal einen Kaffee?" Und so ging es weiter. Tag ein, Tag aus. „Kus-Kus, ich kann nicht mehr", stöhnte Rita irgendwann, „das muss ein Ende haben, sonst brenn ich die ganze Hütte einfach nieder!" Markus wusste nicht recht, ob es ihr damit ernst war. Dabei war der Tiefpunkt noch nicht einmal erreicht. Der stand erst eine Woche später in Gestalt von Rainer Ruhmbach in der Tür. „Ja, sacht's mal, das hättet ihr mir aber auch mal sagen können unter uns Pastorentöchtern, dass ihr verkauft." Im Zuge von Portfolioumschichtungen seien bei den Ruhmbachs Mittel freigeworden, und als Bauunternehmer brauche er Markus ja wohl nicht zu sagen, wie das lief: Hast du kein Haus, dann kauf dir eins. Hast du ein Haus, dann kauf dir ein zweites. Und wenn du zwei Häuser hast, ja dann kaufst du dir eben noch ein drittes. Sehr lustig. Aber was sollte man erwarten von einem, für den „Saugut seit 1953" Lebensmotto war. Unterm Dach hatte Rainer wissen wollen, wie denn die Dämmung ausgelegt sei. Wenn man da nicht von Anfang an alles richtig mache, na dann gute Nacht: im Sommer 'ne Sauna und im Winter fußkalt. Auch das brauche er Markus als Bauunternehmer ja wohl nicht zu sagen. „Aber alle Achtung, einen schönen Blick habt ihr von hier oben, das muss ich euch lassen." Markus wusste nicht, was er widerlicher fand: Rainers Geprotze oder seine Gönnerhaftigkeit. Jetzt zwinkerte der ihm auch noch launig zu und legte ihm einen tonnenschweren Arm um die Schultern. Kurz meinte Markus, der Rainer wolle ihn in den Schwitzkasten nehmen. Blitzschnell wägte er seine Optionen ab: mit den Fingern in die Augen. Ein kurzer Schlag von unten gegen die Nase. Oder die Handflächen wuchtig auf beide

Ohren. Schade, dass Rainer ihm keinen Vorwand bot. Nur verbale Gewalt. „Jetzt sag mir mal eins. Das Haus ist ja ein Träumchen. Warum verkauft man so was? Habt ihr was anderes im Auge, was richtig dolles, oder ..." Mit einer kurzen Drehung entzog sich Markus der fleischernen Armzwinge und blickte Rainer Ruhmbach fest ins Gesicht. „Worauf du dich verlassen kannst", hörte er sich zur eigenen Überraschung sagen, „Rita und ich haben uns gedacht, das Leben ist zu kurz für Kompromisse, aber das brauche ich dir als Metzger ja wohl nicht zu sagen." Das hatte gesessen. Rainer blitzte ihn aus kleinen Schweinsäuglein wütend an. „Dann bin ich mal gespannt auf euer neues Heim. So viel ist ja gerade nicht am Markt. Aber natürlich wünsche ich Rita und dir nur das Beste." Ja, das wünschte sich Markus auch.

Ellen, Christoph und Thomas wurden jetzt immer häufiger in die Vorstandsarbeit einbezogen. Es gab viel zu tun. Ende März sollte Angolfen sein. Traditionell geschah das auf Landsberg im Rahmen eines offenen Charity Turniers. Die Erlöse gingen an wechselnde Begünstigte. Zu Ehren Bernhardt Spörles entschied man sich in diesem Jahr für die Stiftung Orgelklang. Präzise: Für den Erhalt der Walcker Orgel der Isenberger Stadtkirche. Baujahr 1899/1900. Pneumatische Traktur. 2492 Pfeifen. Besonderheit: zwei durchschlagende Zungenregister. Lobet den Herren! Im vergangenen Jahr oblag die Leitung des Spendenkomitees noch Henriette Plock. Der würde man heute nicht mal mehr einen Klingelbeutel in die Hand drücken. Persona non grata. Da lag es nahe, das Kompetenzteam mit der Sache zu betrauen. Ellens Willkomenskultur hatte gezündet. Christophs Arbeit an der Arbeitgeberattraktivität zeigte erste zarte Triebe. Nun musste man Thomas Gelegenheit geben, sich in Sachen Mitgliederwachstum zu bewähren. Vor allem aber galt es, die Großwetterlage im Blick zu behalten. Zunächst im übertragenen Sinne. Schließlich dämmerte mit dem Verkauf von Landsberg ein Pächterwechsel herauf. Dann aber auch wörtlich. Auf Frost folgte Tauwetter. Brockmann Bau traf Vorkehrungen, um mit den Arbeiten an der Platzentwässerung fortzufahren. In jedem Fall würde man umsichtig und mit langem Blick planen müssen. Babette Wieler schlug vor, den Markus gleich wieder zurückzupfeifen. Angesichts veränderter Rahmenbedingungen sei es wohl klüger, die Verlängerung des Pachtvertrags mit dem neuen Eigentümer abzuwarten. „Das sehe ich ganz so wie die Babette", pflichtete ihr Volker Spindler bei, „ich will auch nicht, dass wir am Ende auf einer Baustelle angolfen. Was macht denn das für einen Eindruck!" Berthold Siepenkötter, ganz lupenreiner Finanzer, verwies auf seine felsenfeste Grundüberzeugung, wonach man schlechtem Geld niemals gutes hinterherwerfen dürfe. „Der Brockmann ist eine Knallcharge", menetekelte er, „gewogen und für zu leicht befunden. Da müssen wir raus. Tabula rasa. Und zwar schnell." Sven Gräthers Blick wanderte von einem zum anderen und blieb schließlich bei Ellen hängen. „Wenn ich das richtig erinnere, dann war das ja auch deine Empfehlung, den Markus nicht zur Eile zu drängen?" War es, wenngleich anders gemeint. Nach Ellens Plänen wäre es Markus zugefallen, auf eigene Kosten Schnakenbeck'sche Ländereien zu verwüsten. Das brauchte es jetzt nicht mehr. Umso schöner, dass ihr Wort aus dem lieben Advent noch immer Bestand hatte. Das Wesen von Stabilität war Beweglichkeit. Auch das hatte sie von Grandpa Joseph gelernt. Also schaute Ellen entschlossen in die Runde und sagte schließlich „So ist es, Sven. Das war immer schon meine Überzeugung."

Wenig später bereits glasperlte der Klingelton auf Markus' Handy. Ellen erwischte ihn vor Wagner Lotto-Presse-Tabak. „Ich geh mal Zigaretten holen", hatte er zu Rita gesagt. Ein Satz wie aus „Aktenzeichen XY ... ungelöst". „Markus, jetzt habe ich aber einen gut bei dir", kam Ellen gleich zur Sache. Schon wieder, dachte Markus. „Leicht war's nicht, aber ich habe den Vorstand überzeugen können, dass du nicht bis Saisonstart fertig sein musst mit was auch immer du da treibst mit deinen Baggern." Das war tatsächlich mal eine gute Nachricht. Auch nach Ritas optimistischsten Berechnungen war ein Abschluss der Erdarbeiten bis Ende März nicht mehr möglich. „Das ist tatsächlich mal eine gute Nachricht, Ellen", sagte Markus dann auch. „Ich meine, wenn ihr darauf besteht, würd ich mit den Erdarbeiten bis Mitte März durch sein. Aber das wird ein Kraftakt." Seine Kräfte solle er sich mal für den eigenen Umzug aufsparen, gab Ellen sich fürsorglich. Ach ja, der eigene Umzug. So viel war gerade wirklich nicht am Markt. Da hatte dieser Sauhund von Ruhmbach schon recht gehabt. Und das galt beileibe nicht nur für das schmale Segment exklusiver Luxusimmobilien. Auch in der Breite herrschte Ebbe. Freunde und Bekannte aus dem Landsberger Umfeld anzuhauen war keine Option. Dann lieber auswandern. Immerhin würde man für den Hardenberghang einen guten Preis erzielen. Und alle Regressgeschichten vom Tisch. Eigentlich gar nicht so schlecht, wie sich die Dinge entwickelten. Neben ihm am Büdchen tauchte jetzt Manfred auf. „Sieh an, sieh an, der Manfred Pucker, auch Tabak holen?" Was hieß hier auch? In der Hand hielt Markus einen ganzen Stoß Lose und Tippzettel. Das war Manfred nicht verborgen geblieben. „Die Bank gewinnt immer, das weißt du hoffentlich", sagte er kopfschüttelnd. „Ja, und Rauchen ist ungesund", bedankte sich Markus. „Wie läuft es sonst so?" Manfred erhob seine Fingerstümpfe zum Victory-Zeichen „Mies – und selbst?“ „Beschissen“, gab Markus zurück. Dann kaufte er für beide einen Coffee-to-go und sie setzten sich gemeinsam an das Ufer der Isel, die hinter dem Büdchen gemächlich durch den Tag mäanderte. „Neulich kam ja der Roller-Jürgen zum Essen vorbei in Landsberg“, sagte Manfred versonnen und blickte auf das trübe Wasser. Markus verstand nicht recht. „Ja und? Der muss ja auch mal was essen. So immer unterwegs auf seinen Rollern. Die ganzen Vorbereitungen für den IPO. Was meinst du, was das zehrt?“ Manfred nippte vorsichtig an seinem Kaffee. Mann, war der heiß. Und dann dieser blöde Plastikdeckel mit der Schnabeltülle. Eben hatte er zu fest daran gesogen. Da hatte er sich gleich mit dem ersten Schluck ordentlich den Gaumen verbrannt. Alles ganz wellig und blasig, wenn er jetzt mit der Zunge darüberfuhr. „Schon richtig, essen muss der auch mal, der Herr Driewer. Aber der scheint auch sonst viel Zeit zu haben.“

„Klar“, sagte Markus, „der ist ja auch nicht mehr im A-Team. Das hat bestimmt jede Menge Kapazitäten freigemacht.“ Worauf wollte der komische Vogel hinaus? Sicher nicht Jürgen Driewers Essgewohnheiten. „Wohl wahr“, nickte Manfred, „aber ich für meinen Teil würde meine freie Zeit dann nicht mit dem Gerhard Plock verbringen. Und wenn, dann höchstens, um dem mal ordentlich die Meinung zu geigen.“

„Gerhard Plock?“, horchte Markus auf, „Was haben die beiden denn bitteschön zu bereden?“ „Naja, so genau hab ich das natürlich nicht mitbekommen. Ich hab mich ja nicht dazugesetzt“, grinste Manfred und nuckelte erneut an seinem Kaffee, „aber entweder haben die was erzählt von Hefe und Brauen oder es ging um Hefel und Bauen. Ich persönlich tippe ja auf Letzteres.“ Aber natürlich! Die Zwangsversteigerung! Der Plock und der Driewer. Rache und Vergeltung. Dann der Ruhmbach:

Hast du ein Haus, dann kauf dir ein zweites. Nein, eine Brauerei aufmachen wollten die gewiss nicht. „Der Plock ist ja auch mehr so der Typ Weinbergbesitzer", dachte Markus laut. „Ja, und der Driewer eher so der Typ *Don't drink and drive*", nahm Manfred den Faden auf. Markus kam Björn Fackelmann in den Sinn, dessen kryptische Bemerkung zur Hefeler Weihnachtsgans. Die Sache war klar. Hefel würde zum Angriff blasen. „Weiß sonst noch jemand davon?", wollte Markus wissen. „Nein", sagte Manfred, „das war ganz entre nous, von Pannen-Koch zu Pleite-Bauer. Danke für den Kaffee!" Manfred war noch nicht ganz weg, da nestelte Markus auch schon sein Smartphone aus der Tasche und scrollte durch die Liste mit den Versteigerungsterminen des Amtsgerichts Isenberg. Alter Schwede: In fünf Wochen kam Landsberg unter den Hammer. Dann rief er Rita an, bevor die noch eine Vermisstenanzeige aufgab. Im Hintergrund hörte er leise das Grundrauschen der durch das Haus schwärmenden Besuchertrupps. Das war am Dienstag.

Am Mittwoch gab Gerhard Plock seinen Austritt bei Plock Kerner Kannegießer bekannt. Er hatte sich das so vorgestellt, dass seine Ankündigung wie eine Bombe im wöchentlichen Partner Meeting einschlagen würde. „Aha", war nun alles, was Kerner sagte. „Soso", ließ sich Kannegießer vernehmen. Nach Wegbrechen der Schnakenbeck'schen Rechtsgeschäfte hatte Plock sich bald nach neuen Allianzen umgeschaut. Schließlich hatte er angeheuert bei Rupf, Armbruster & Furtenbach. Baldige Partnerschaft wurde in Aussicht gestellt. „So spielt man mit Studenten", hatte Plock innerlich frohlockt. Endlich war er diesen bräsigen Kannegießer los. Und wer brauchte einen Kerner? Trotzdem war es aufreizend, die beiden Noch-Partner in der Mittwochsrunde so unbekümmert zu erleben. Ob sie denn verstanden hätten: Er sei raus. Ja, das hätte man verstanden. Für die weitere Zukunft wünsche man Plock alles Gute. Allerhand. Die würden schon noch sehen, wer hier das Alpha gewesen war in der Kanzlei und wer das Omega. In den kommenden Tagen wurden Mandate auseinander dividiert. Das Ergebnis überraschte Plock. Kerner und Kannegießer mussten gehamstert haben. „Kleinvieh", hätte er dazu noch vor Kurzem gesagt. „Macht auch Mist", musste er jetzt feststellen. Der Kerner und der Kannegießer. Wer solche Freunde hatte, brauchte keine Feinde. Er hatte die Kanzlei im Nahkampf mit dem fetten Grafen all die Jahre am Laufen gehalten. Und was machten die beiden? Bauten sich im Hintergrund ein hübsches Portfolio auf. Gut, dass die Geschäfte mit Hefel segensreich anliefen. Diese Sabrina Becker hatte sich wieder gemeldet. Er habe die Pachtverträge für Landsberg doch sicher vorliegen. Da solle er sich mal husch, husch reinfuchsen. Also, wie sie das sehe, sei das voll die trockene Materie. So was von langweilig. Keine Ahnung, wie er das aushalte in seinem Job. Sie selbst sei ja eher so der kommunikative Typ. Keine Leseratte. „Dafür haben Sie jetzt ja mich", hatte Plock gesagt.

Ebenfalls am Mittwoch traf Jürgen Driewer sich ein weiteres Mal mit Rainer Ruhmbach und Sabrina Becker. Diesmal zum gemeinsamen Arbeitslunch im Koch & Kellner. Das Mindestgebot für die Versteigerung lag nun bei zwei Millionen. Der Vorstand Hefel hatte sich auf ein Höchstgebot von drei Millionen geeinigt. Da blieb also noch eine Menge Puffer. Weitere Bieter waren auch nach ausgiebigen Recherchen nicht auszumachen. Jürgen wusste zu berichten, dass sich vor gut einer Woche ein Interessent aus Süddeutschland auf Landsberg hatte blicken lassen. Der arbeitete wohl gleichfalls an seinem Traum vom

Golfimperium. Volker Spindler hatte ihn über den Platz gefahren. Dabei war der Mann immer schweigsamer geworden. Es kam, wie es kommen musste: Spindler fuhr sich mit dem Cart an der Neun fest. Verdammter Morast. Seine Loafers von Salvatore Ferragamo konnte der Gast hinterher in die Tonne kloppen. Die erste Etage und die Gauben wollte der da schon gar nicht mehr in Augenschein nehmen. Kurz: Es lief rund für Hefel. So rund, dass Sabrina Becker, im mächtigen Schatten der monumentalen Tony Cragg-Plastik sitzend, einen spitzen Jubelschrei zur Decke schickte und mit den Absätzen ihrer Pumps auf den Boden trommelte: „Aber hallo, wie geil ist das denn bitte!" Rainer Ruhmbach versuchte, die Emotionen etwas herunterzukühlen. Seinem roten Gesicht war anzusehen, dass ihm das nicht leichtfiel. „Jetzt warten wir erstmal ab, dass die ganze Sache über die Bühne ist, Kinders. Und dann lassen wir die Korken knallen." Bei aller Vorsicht war es doch an der Zeit, die Übernahme vernünftig zu planen. Zunächst würde man das Landsberger Angolfen samt Charity Turnier kapern, um den Geldsäcken mal zu zeigen, wie man richtig feiert. Das würde Sabrina übernehmen. In Hefel wurde bereits heftig für eine breite Teilnahme getrommelt. Zu vorgerückter Stunde, wenn sich alle lockergemacht hätten, würde dann die große Versöhnungsrede folgen. So was in der Art: Ich kenne nicht Hefeler, nicht Landsberger mehr. Ich kenne nur noch die große Familie des Golf & Country Clubs Hefeler Land. Wer könnte das überzeugender rüberbringen als Rainer selbst? In den Wochen darauf mussten dann die Anwälte unter Leitung von Gerhard Plock in die Schlacht geworfen werden. Die sollten der Gegenseite die Instrumente zeigen für die anstehenden Gespräche zur Pachtverlängerung. Und wenn alles glatt ging, würde man zügig mit den Umbauten zum Golfhotel beginnen. Das würde dann der

Jürgen koordinieren. Über das ganze Pläneschmieden war Rainer richtig hungrig geworden. Das Essen hier war ja was für den hohlen Zahn. „Bedienung!", rief er in Richtung des offenen Küchentresens, „Was muss man denn hier machen, um ein gottverdammtes Steak zu bekommen?"

Am Mittwochnachmittag saß Christoph Guldenreiter in seinem Autohaus und spielte Sudoku. Das hätte er auch zu Hause spielen können. Aber er hatte den Eindruck, es sei mal wieder an der Zeit, nach dem Rechten zu schauen. „Arbeiten Sie eigentlich gerne hier?", fragte er den erstbesten Verkaufsberater, der gerade an seinem Büro vorbeigeschlurft kam. „Aber klar, Herr Guldenreiter", hatte der gesagt. „Und warum?" Ja, warum? Korrekte Kollegen. Bezahlung sei okay. Und mit dem Produkt könne er sich voll identifizieren. Damit schloss Christoph die kleine Feldstudie Arbeitgeberattraktivität ab und wandte sich wieder seinen Zahlenreihen zu. Voll identifizieren. Ja, wie machte man das? Und was sollte das bringen? Ein Mann muss tun, was ein Mann tun muss. Schön wär's. Ein Mann kann tun, was ein Mann tun kann. Schon arg lau. Aber ein Mann könnte vielleicht tun, was ein Mann eventuell tun könnte. Das war unwürdig. Christoph brauchte ein Ziel. So wie Anthony Quinn als Auda Abu Tayi in „Lawrence von Arabien": Er musste irgendwas Ehrenhaftes finden. Die Mitarbeit im Kompetenzteam zählte nicht. Die Vorbereitungen für das Halloween-Turnier, ja, die hatten noch Spaß gemacht. Aber seither theoretisierte man eher so mit spitzem Bleistift vor sich hin. Das Praktische lag Christoph mehr. Fakten schaffen. Muskelarbeit. Gipfel stürmen. Im Frühtau zu Berge ... Das Ehrenvollste, das Christoph jetzt einfiel, war der Siegerkranz beim Angolfen auf Landsberg. Ein Charity-Champion. Wenigstens als Nettosieger. Keine schlechte

Idee. Dafür bräuchte es aber noch ein paar Trainerstunden. Christoph packte seine Siebensachen zusammen und fuhr nach Landsberg.

Zum Jahreswechsel hatte Babette Wieler einen neuen Head Pro verpflichten können: Arne Kellerbach. Mal sehen, ob der sich schon eingerichtet hatte. Bisher war Knut Geißler alleiniger Pro im Club gewesen. Und das seit über zwanzig Jahren. Der musste jetzt ins zweite Glied zurücktreten. „Schweinerei", hatte Knut Geißler gemurrt. „Neue Besen kehren gut", hatte Babette dagegengehalten. So musste es wohl sein. Christoph traute seinen Augen nicht. Drangvolle Enge auf Landsberger Übungsanlage. Und das noch vor Saisonstart. Fast alle Abschlagsmatten besetzt. Knut im Einsatz zur linken. Von da hörte er: „Ich will deinen Arm höher sehen. Und dann steil runter auf den Ball. Stell dir vor, du würdest Holz hacken." Zur rechten ein smarter Typ mit Dreitagebart und sonorer Stimme. Das musste Arne sein. Der drehte gerade an der Hüfte einer hilflosen Golferin herum. „Und aus dem Rumpf heraus. Arme gestreckt. Stell dir vor, du ziehst den Schläger gegen Widerstand aus dem Wasser hoch." Eine Matte weiter: der liebe Thomas. Neben sich ein ganzes Speisfass voller Bälle. Der haut aber rein, dachte Christoph. Wieder von links: „Stell dir vor, du würdest einen Baseball werfen." Von rechts: „... die Verlängerung der gedachten Linie von Ellenbogen zu Schlägerkopf ..." Christoph stellte seine Plörren ab und schlenderte zu Thomas hinüber. Der war schon ganz verschwitzt. „Und, fliegen sie?" Thomas ließ von dem Ball ab, den er eben aufgeteet hatte. „Ganz okay, denke ich", schnaubte er, „hab eben erst angefangen." Christoph nickte nach rechts zu Arne Kellerbach hinüber. Der arbeitete immer noch an der drehfaulen Hüfte. „Stell dir vor, es brennt und wir bilden eine Wasserkette. Und den Eimer weiterreichen … immer weiterreichen … eine fließende Bewegung." Ob Thomas den kennen würde? „Klar kenne ich den", strahlte Thomas, „ich hab der Babette den Arne ja selbst vermittelt. Patient von mir. Das ist nicht irgendeiner, Chris. Der war drei Jahre auf Falkeneck. Absolute Koryphäe." Die Vermittlung war Teil von Thomas' Aktionsplan Mitglieder-wachstum. Der Kellerbach zog sogar Ligaspieler aus Hefel an. Wie zur Bestätigung haute Thomas den nächsten Ball raus. Ui, der ging aber ab! Christoph würde sich ranhalten müssen. Das sagte er Thomas aber nicht. Stattdessen: „Das trifft sich gut, ich wollte auch mal wieder an meinem Schwung arbeiten." Rums. Thomas' nächster Ball steuerte kerzengerade auf die 200-Meter-Marke zu. Dann wandte er sich kopfschüttelnd dem Freund zu. „Aber nicht mit Arne. Der ist für mindestens sechs Wochen ausgebucht. Ich glaub, der Knut hat noch was frei." Aus dessen Richtung jetzt „Stell dir vor, du würdest den Motor eines alten Rasenmähers anschmeißen …" Christoph konnte es nicht fassen. Sechs Wochen ausgebucht? Hier auf Landsberg? Rums. Der nächste satte Schlag. Sonore Stimme von rechts: „Stell dir das Zifferblatt einer Uhr vor …" Also, auf den Geißler hatte Christoph jetzt nicht mehr so recht Bock. „Bist du dann auch beim Knut?", fragte er Thomas, der sich gerade auf den nächsten Schlag vorbereitete. „Nein, ich bin bei Arne." Rums. „Schon klar", nuschelte Christoph. Von links: „Ganz locker greifen. Stell dir vor, du würdest eine offene Zahnpastatube halten" Rums. Christoph schaute Thomas' Ball lange hinterher. „Na, dann. Hast du eigentlich auch ir-gendwelche Schwunggedanken?" Thomas blickte kurz auf und ging gleich wieder in Ansprechhaltung. „Klar. Ich stell mir vor, ich wär Bryson DeChambeau." Rums.

Mittwochabend. *Say it loud, say it clear.* Markus drehte die Anlage auf. „Geht es auch etwas leiser, Mayonnaisebärchen? Ich muss telefonieren." Rita hatte inzwischen drei Kaufinteressenten für den Hardenberghang am Wickel. Bei den Mietangeboten dagegen noch immer Flaute. Wahrscheinlich würde man die Hälfte des Hausstands übergangsweise einlagern müssen. Immerhin, es ging voran. Markus hatte ein mulmiges Gefühl. Er musste Rita beichten. In den zurückliegenden Wochen hatte er weiter ungebremst in seine Spielleidenschaft investiert. Das musste ein Ende haben. Das Geld brauchten sie dringend an anderer Stelle. *Every generation blames the one before. And all of their frustrations come beating on your door* flüsterte es jetzt nur noch aus den Lautsprechern. Markus reichten seine eigenen frustrations. Die hämmerten nicht bloß an der Tür. Die waren schon längst drin. *So we open up a quarrel between the present and the past. We only sacrifice the future, it's the bitterness that lasts.* Völlig richtig. Auch wenn Selbstmitleid nix nützte. Aber der Song tat ihm gut. „Und jetzt alle", in Gedanken reckte Markus einem imaginären Publikum ein nicht vorhandenes Mikrofon entgegen: *Say it loud, say it clear. You can listen as well as you hear.* „Kus-Kus, bitte", kam es aus dem Off, „ich kann ja mein eigenes Wort nicht verstehen!" Markus hatte lautstark mitgesungen. Jetzt summte er nur noch. 18.53 Uhr. Gleich kämen die *heute*-Nachrichten. Aber vorher noch die Ziehung der Lottozahlen. Markus schaltete Mike & the Mechanics aus und den Fernseher ein. „Hast du wieder gespielt, Kus-Kus?", fragte Rita streng. „Nein, Baby. Nur die Nachrichten. Und ist ja auch zu laut sonst." Da hatte er recht. „... 30 Millionen Euro warten auf Sie im Jackpot, und die will ich heute unters Volk bringen. Also, legen wir gleich mal los." Unters Volk bringen, seltsame Redewendung, dachte Markus. Aber dann auch wieder passend.

Ging es volkstümlicher als Lotto? „Bei uns ist alles kontrolliert, ordnungsgemäß und wir starten. Ziehung frei. Kugel Nummer eins kommt und es ist die 28."

„Sieh an, sieh an, hab ich", ging Markus seine Zahlen durch. „Und weil am Samstag niemand den richtigen Sechser plus Superzahl geknackt hat, geht's heute schon wieder um die Wurscht." Und wie es um die Wurscht ging. Auch um die Wurschtigkeit, seine Kohle wieder und wieder für diesen Hokuspokus rauszuschmeißen. Wie doof musste man sein? Oder wie verzweifelt? „Wie gesagt: 30 Millionen Euro sind für Sie im Jackpot und vielleicht klappt es mit Zahl Nummer zwei. Es ist die 18."

„18, 18, 18 ... hab ich auch!" Also dieses Übertragungsstudio in Saarbrücken war wirklich hässlich wie die Nacht. Helle Klinker, dunkel verfugt. Und dann so rote Streiflichter. Was sollte das darstellen? Burgverlies? Partykeller? Sado-Maso-Schuppen? „In der Ziehung am Samstag ging der Eurojackpot übrigens nach Rheinland-Pfalz. Tja, meine Damen und Herren, da können Sie sehen, hier im Südwesten wird ordentlich treffsicher getippt. Vielleicht klappt's jetzt ja auch bei Ihnen mit Zahl Nummer drei. Heute ist es die 7." Die hatte Markus auch. Da brauchte er erst gar nicht auf seinen Zettel zu schauen. Die 7 tippte er immer. Seine Ankerzahl, wie er das nannte. „Jetzt kommt Zahl Nummer vier, und der Eurojackpot, der ist übrigens eine weitere Chance für Sie zu Hause noch früh im neuen Jahr Millionär zu werden. Im obersten Rang warten da nämlich 10 Millionen auf sie. Und die 49 ist als vierte Kugel gefallen." Auch die hatte Markus. Beim Ankreuzen fühlte es sich irgendwie falsch an, die höchste Kugel im Spiel zu wählen. Das war natürlich stochastischer Blödsinn. Also war Markus bei der 49 geblieben. „So, jetzt machen wir Kassensturz bei 6 aus 49. Zwei

Kugeln hab ich noch für Sie zu Hause, und da kommt die Nummer fünf. Und, ja, das passt ja. Das ist die 5." Markus überflog den Zettel und da stand sie: die 5. Jetzt wurde ihm doch ein wenig blümerant. Wohl ein Gewinn irgendwo im mittleren vierstelligen Bereich. Damit hatte er seine Spieleinsätze allemal raus! Die Situation war dennoch merkwürdig unbefriedigend. Mit der Hoffnung wuchs auch die Fallhöhe ins Jammertal tiefster Enttäuschung. Er konnte kaum mehr hinsehen. „Und wo wir gerade bei den Kugeln sind, die werden vor der Ziehung natürlich in einem Tresor verschlossen, da kommt also wirklich keiner ran. Ich auch nicht. Und wir schauen auf Kugel Nummer sechs und es fällt die 32."

„32!", schrie Markus, als die Kugel noch nicht ganz den Boden des Bechers berührt hatte. Ihm wurde heiß und kalt. Rita kam herüber gestürmt und verschränkte die Arme vor der Brust. „Hast du also doch gespielt, Kus-Kus! Ist es jetzt so weit, dass ich dir nichts mehr glauben kann?" Markus sprang aus seinem Sessel hoch und hielt Rita den Lottoschein ins Gesicht. „Sechs richtige, Rita. Ich!" Rita guckte völlig verdattert, verstand gar nicht, was da los war. „Warte, Baby, jetzt kommt noch die Superzahl!", schrie Markus mit sich überschlagender Stimme. Dann skandierte er rhythmisch in Richtung Flachbildschirm an der Wand: „Die ZWEI – die ZWEI – die ZWEI – die ZWEI". Rita schien plötzlich aufzuwachen, fiel in Markus Sprechgesang mit ein: „Die ZWEI – die ZWEI – die ZWEI – die ZWEI". Im Hintergrund quasselte die Lottofrau wacker gegen den anschwellenden Chor an „... und Ziehung frei. Ich drücke Ihnen wirklich alle Daumen, die ich zur Verfügung habe."

„Die ZWEI – die ZWEI – die ZWEI – die ZWEI". Aus dem Fernseher: „Also, würde ich den heute knacken, ich würde direkt Richtung Karibik aufbrechen, ach, wär das schön: Ab in den Flieger und dann so bei 35 Grad Wassertemperatur …"

„Die ZWEI – die ZWEI – die ZWEI – die ZWEI"

„Und die 2 ist heute die Superzahl …" Der Rest ging unter in Lärm und Chaos. Jetzt skandierten beide lauthals „30 Millionen – steuerfrei, hoi, hoi, hoi!" Markus und Rita rannten schreiend durchs Haus, bewarfen sich mit Sofakissen, wälzten sich auf dem Boden, hüpften auf dem Esstisch herum und tanzten schließlich hinüber zum Kühlschrank, dem Markus eine perfekt temperierte Flasche Champagner entnahm. „Als hättest du es geahnt, Kus-Kus", lachte Rita. „Teil meines Rituals, Baby. Die war ausschließlich dafür bestimmt. Und wenn sie zu Essig geworden wäre." Als sie die Gläser erhoben, wurde es Rita mit einem Male ziemlich bange. „Du bist aber sicher, dass das stimmt, mit dem Gewinn? Hast du den Zettel gut weggesteckt? Was ist, wenn wir den verlieren? Und weißt du überhaupt, wie du jetzt rankommst an das Geld?" Fragen über Fragen. Alle berechtigt. Nur zur Sicherheit riefen sie die Ziehung nochmal im Internet auf, kontrollierten jede Position mit akribischer Achtsamkeit. Nichts dran zu deuteln. Das waren ihre Zahlen. Plötzlich waren sie, was man im wirklichen Leben eigentlich niemals ist: Lottomillionäre!

Es wurde eine unruhige Nacht. Markus träumte schlecht. Seine Spielquittung kam ihm auf tausenderlei Arten abhanden. Wehte ihm aus der Hand und immer vor ihm weg die Straße entlang. Ging plötzlich in Flammen auf. Geriet ins Altpapier. Wurde ihm von Rainer Ruhmbach entrissen. Radierte sich selbst aus. Zeigte verkehrte Zahlen. Fing an zu sprechen und sagte: „War doch alles nur Spaß!" Nichts davon geschah. Rita hatte die Quittung in den Tresor gelegt. Da hätte jetzt auch ein Bombenangriff kommen können. Am nächsten Morgen standen Rita und Markus pünktlich zur Ladenöffnung vor der Lottoannahmestelle eines Hefeler Supermarkts. „Da kennt uns keiner!", hatte Rita gesagt. Der Verkaufsstelle angeschlossen war ein Postschalter. Alles irgendwie seriöser als Wagner Lotto-Presse-Tabak. Markus füllte das Formular zur Gewinnanforderung aus. Dann stempelte der Mann am Schalter *Zentralgewinn* auf seine Spielquittung und drückte ihm eine Anforderungsbestätigung in die Hand. Also wirklich, so eine Freude. Das dürfe er heute schließlich auch zum ersten Mal machen. Bis zur Auszahlung würde es eine Woche dauern, da solle er sich mal keine Sorgen machen. Machte er sich aber. Und zwar genau so lange, bis der Betrag schwarz auf weiß auf seinem Konto verbucht war. Die Lotto-Zentrale bot ihnen für die Zeit bis dahin noch den Kontakt zu einem Gewinnbetreuer an. „So weit kommt es noch", hatte Rita gesagt, „Geld ausgeben können wir gerade noch alleine." Markus war sich da nicht so sicher. „Hast du dir mal überlegt, Baby, was wir mit den ganzen Millionen anfangen?" Hatte sie nicht. War aber auch egal. Das Haus war gerettet. Brockmann Bau saniert. Alles weitere würde sich finden. „Ich könnte dir ein Schloss bauen, so wie im Märchen", lachte Markus. „Oh, Gott, Heintje, bitte nicht,", winkte Rita ab. Dann stutzte sie. „Aber was ist mit Landsberg? Das ist doch zu haben. Für uns ein kleiner Fisch." Natürlich, Landsberg! Warum war Markus nicht selbst darauf gekommen? Nicht nur um einen auf Besuch der alten Dame zu machen. Das war auch eine Top-Immobilie! Etwas, um den Namen Brockmann Bau wieder zum Leuchten zu bringen! „Ja, Rita, warum eigentlich nicht? Warum nur die Entwässerung machen, wenn wir die ganze Bruchbude flottmachen können?" Die Sache war abgemacht. Noch vier Wochen bis zur Versteigerung. Da wartete noch eine Menge Arbeit. Heidewitzka.

„Kannegießer am Apparat", meldete sich Kannegießer am Apparat. Der junge Rechtsanwaltsgehilfe, der selbst auf dem Jobtitel Rechtsanwaltsfachangestellter bestand, hatte versucht, den Anrufer durchzustellen. Leider hatte er ihn weggedrückt. Wer das denn gewesen sei, wollte sein Chef wissen. Keine Ahnung, der habe keinen Namen nennen wollen. Na prima, hatte Kannegießer geseufzt. Zum Glück hatte es erneut geklingelt, da war er gleich selbst drangegangen. Also nochmal: Kannegießer am Apparat. Nein, Herr Plock sei tatsächlich nicht mehr für die Kanzlei tätig. Bedauerlich, ja, aber so sei nun mal der Lauf der Dinge. Ja, jetzt nur noch KuK. Nein, nicht Koch und Kellner, Kerner und Kannegießer, wenn es recht sei. Ob Interesse bestünde? Aber natürlich sei man interessiert! Ein Treffen. Unbedingt. Aber dafür seien Ort und Name hilfreich. 20.00 Uhr an der alten Eiche ...? Sehr witzig, ja ja. Dann also Abtei-Stuben in Isenberg. Er werde da sein. Seltsamer Kauz. Aber andererseits: Das war der Stoff, aus dem robuste Mandate gestrickt wurden: unbekannter Anrufer. Geheimes Treffen am Abend. Düstere Spelunke. Ein Mann in der hintersten Ecke sitzend, den Mantelkragen hochgestellt, die Hutkrempe tief im Gesicht. Fast war Rolf Kannegießer ein bisschen enttäuscht, als er später die Abtei-Stuben betrat. In dem eher gutbürgerlichen Ambiente nickte ihm ein gemütlich wirkender Endvierziger entgegen. „Markus Brockmann", sagte der. „Rolf Kannegießer", sagte Rolf Kannegießer. „Ein Bier, die Herren?", fragte die Kellnerin. Der Rest des Abends nahm einen für beide Seiten erfreulichen Verlauf.

„Und, wie ist es gelaufen?", wollte Rita wissen, als Markus zur Tür ihres wieder ganz in Besitz genommenen Hauses am besseren Ende des Hardenberghang hereinspaziert kam. Tja, wo anfangen? Zunächst habe der Kannegießer mehr so angedeutet, dass er den Plock am liebsten zum Mond schießen würde. Dann habe Markus von Plocks zweifelhafter Hefel-Connection berichtet. „Nichts Schlechtes über meinen ehemaligen Partner", habe der Kannegießer gesagt, „aber …" Und dann sei es ordentlich zur Sache gegangen. Also eines sei klar: Die persönliche Motivation von dem Kannegießer, die sei über jeden Zweifel erhaben. „Überzeugungstäter. Gut. So Leute brauchen wir!", warf Rita nickend ein. Ja, und dann habe der auch fachlich gepunktet. Hätte dazu geraten, eine Gesellschaft zu gründen, in deren Namen der Erwerb von Landsberg über die Bühne gehen könne. Und als tüchtiger Lateiner habe er gleich auch den passenden Namen parat gehabt. Fragment Invest GmbH. Von fragmentum, fragmenti, der Brocken, sprich Brockmann. Das sei ja schonmal eine Spitzenidee gewesen. Außerdem habe er gesagt, sie bräuchten einen Geschäftsführer, wenn er oder Rita nicht namentlich in Erscheinung treten wollten. Da solle er mal in sich gehen, wer das sein könnte. Alles weitere würde er schon übernehmen. „Gutes Personal ist heute schwer zu finden", grübelte Rita, „hast du schon jemanden im Auge?" Vor ihr blühte Markus förmlich auf in der Rolle des findigen Unternehmenslenkers. „Worauf du dich verlassen kannst, Baby. Worauf du dich verlassen kannst."

Marijn studierte die Daten auf dem kleinen Monitor. Das war seine Welt: Zahlen, Daten, Fakten. Klare Analyse. Gut informierte Entscheidung. Saubere Exekution. Eine ganz neue Dimension von Golf. Ihm zur Seite stand Arne Kellerbach. Der verzichtete heute auf jede Art der „Stell-dir-mal-vor-Pädagogik". Das machte den guten Coach aus. Mit einem Blick zu erkennen, welchen Typ Golfer man vor sich hatte. Im Falle von Marijn hörte sich das so an: „Dein Abschlagswinkel liegt bei 12 Grad. Sehr gut. Spin rate: 1500 rpm. Die will ich höher sehen. Peak height um die 34 Meter. Ausgezeichnet. Angle of descent 35 Grad. Prima, Marijn. Was wir jetzt mal machen, ist Folgendes …" Ellen guckte den beiden voller Freude zu. Was hatte sie nicht schon alles versucht, um Marijn häufiger auf den Golfplatz zu kriegen. Obwohl der richtig gut war. War als Vierzehnjähriger sogar mal niederländischer Auswahlspieler gewesen. Aber auf Landsberg hatte Marijn nie oben mitgemischt. Ab und an mal eine Runde zum Vergnügen. Aber bei Turnieren? Fehlanzeige. „Ik ben competitef genoeg in mijn werk, liefje", hatte er Ellen zu verschiedenen Anlässen erklärt. Die hatte das geärgert. Marijn hatte das Zeug zum Clubmeister. Was für eine Vergeudung von Talent und Bestimmung. Wenn er nunmal partout nicht wollte. Aber hier mit Arne ging was, das spürte sie gleich. „Det is een super Trainer", war dann auch das erste, das Marijn sagte, als er seine Übungseinheit beendet hatte und zu Ellen herüberkam. „Det heeft zoveel gebracht. Geweldig!" Ja, gewaltig! Die Gelegenheit musste Ellen beim Schopfe packen. „Dann versprichst du mir, dass du in diesem Jahr beim Angolfen dabei bist?" Marijn guckte etwas zerknirscht. „Oder soll dein liefje lieber mit dem Thomas spielen? Der ist auch ganz gut in Form." So war die Sache entschieden. Marijn knickte ein. Obwohl: Letzlich schien er den Gedanken selbst ganz passabel zu finden. „Dat Charity Turnier. Dat met de vele Hefelers?" Ganz recht. Mittlerweile hatten sich schon mehr als 20 Gäste aus Hefel angemeldet. Das hatte es noch nicht gegeben. Na, denen würde man einen heißen Empfang bereiten.

Der Tag der Zwangsversteigerung war gekommen. Strahlend blauer Himmel über dem Amtsgericht Isenberg. Kurz vor 11.00 Uhr bat die Rechtspflegerin alle Anwesenden in Saal 182 des pittoresken Gründerzeitgebäudes. Sie nahmen ihre Plätze ein. Für die Gläubigerseite ein gelangweilt dreinschauender Fatzke, der nur dasaß und die ganze Zeit an seinem Smartphone rumdaddelte. Für den GC Hefel waren erschienen Herr Rainer Ruhmbach, Metzger. Frau Sabrina Becker, Sportfachwirtin. Dr. Gerhard Plock, Rechtsanwalt. Ansonsten kam niemand. Stattdessen wurde es jetzt „total abnervend", wie Sabrina fand. Erwartet hatte sie großes Kino. Was sie bekam, war eine nicht enden wollende Litanei ermüdender Details zu Objekt, Lasten und Rechten. Gerade war sie in einen leichten Dämmer verfallen, da wurde die Bietzeit eröffnet. „Ich biete zwei Millionen im Namen des GC Hefel, vertreten durch Dr. Gerhard Plock", sagte Plock, erhob sich schneidig und querte Saal 182 in lässiger Eleganz. Vorne wurden seine Daten aufgenommen. Die Rechtspflegerin rief das Gebot aus, derweil Plock in gleicher Nonchalance an seinen Platz zurückkehrte. Der Mann war sein Geld wert. Dann passierte lange nichts. „Also mal ehrlich jetzt, Frau Richterin, zwei Millionen, mehr wird's nicht". Das brachte Sabrina Becker eine Rüge ein. Erstens sei sie Rechtspflegerin, sagte die, die keine Richterin sein wollte, und zweitens betrage die Bietzeit mindestens dreißig Minuten, komme, was da wolle. Es kam aber nicht, was da wolle, sondern vielmehr ein sichtlich entspannter Rolf Kannegießer zur Tür herein. Der entschuldigte sich für das späte Eintreffen, erkundigte sich nach dem aktuellen Gebot und erhöhte prompt auf 2,2 Millionen für die Fragment Invest GmbH, vertreten durch Dr. Rolf Kannegießer. „Aber hallo!", dachte Sabrina Becker. „Da hört sich doch alles auf!", dachte Gerhard Plock. „Frag-wer?", dachte Rainer Ruhmbach. Und dann ging alles ganz schnell. 2,3 Millionen Plock für Hefel – 2,5 Millionen Kannegießer für Fragment – 2,6 Millionen Plock für Hefel – 2,8 Millionen Kannegießer für Fragment – 2,9 Millionen

Plock für Hefel – 3 Millionen Kannegießer für Fragment – …

„3 Millionen Dr. Gerhard Kannegießer für die Fragment Invest GmbH. Höre ich weitere Gebote?", fragte die Rechtspflegerin in anhaltende Stille hinein. Gerhard Plock rutschte unruhig auf seinem Stuhl hin und her. Am Limit. Nix zu machen. Ende der Fahnenstange. „Dann geht der Zuschlag für 3 Millionen an die Fragment Invest GmbH", fuhr die Rechtspflegerin fort. „Herr Dr. Kannegießer, ich bitte Sie, noch im Raum zu bleiben. Für alle weiteren Interessierten ist der Termin geschlossen. Vielen Dank." Abgang Plock, Becker und Ruhmbach. Viel gesprochen wurde nicht auf dem Weg nach draußen. „Na dann, ich denke, wir lassen das erstmal sacken", schlug Gerhard Plock vor, „mein Wagen steht da drüben."

„Wir stehen da", sagte Rainer Ruhmbach und zeigte in die entgegengesetzte Richtung. „So ein Penner", zischte Sabrina Becker, als sie grußlos auseinandergingen. Plock hatte das gehört.

Sonntagmorgen in den Breiten Eichen. „Was ist da eigentlich los bei euch, Ellielein, spielt ihr Schlacht bei Worringen?" „Schlacht bei was?" Ellen hielt sich die Hand an die Ohrmuschel und bedeutete Grandpa Joseph, doch bitte die Musik leiser zu drehen. Götterdämmerung. Dritter Aufzug. „Schlacht bei Worringen", wiederholte der Alte. „Dürfen wir oben World of Warcraft spielen, Grandpa?", fragte Joshua. „Dat mag je niet doen", gab ihm Marijn knapp zurück. „Spielt doch mal was Schönes", pflichtete ihm Ellen bei. „Schlacht bei Worringen", insistierte Joseph Engel, „Hauen und Stechen. Alle gegen alle. Jeder gegen jeden". Der Tisch war gedeckt zum opulenten Brunch. „Wie kommst du jetzt darauf?", fragte Ellen erstaunt. Nun, man hörte ja so einiges. „Können wir im Garten Luftgewehr schießen?", wollte nun Amelie wissen. „Doen we, Klejnes. Nach dem Eten." Schön, dass sich der Marijn auch mal um die Kleinen kümmerte. Jetzt ging es erstmal zu Tisch. Im Hintergrund götterdämmerte es nur noch leise. Hagen machte da gerade heiliges Beuterecht geltend. „Also, Ellen, nach allem, was ich so weiß, hat euer feiner Herr Plock versucht, Landsberg für Hefel zu ergaunern."

„Ach was?"

„Doch, doch. Aber dann ist ihm sein alter Partner, der Kannegießer, in die Parade gefahren."

„Ist nicht wahr!"

„Doch, doch. Der Plock ist jetzt nicht mehr PKK. Der ist RAF. Rupf, Armbruster & Furtenbach. Eine ganz üble Bande."

„Und der Käufer?"

„Tja, über den ist wenig bekannt. So eine Fragment Invest GmbH. Sagt mir nichts."

„Ist es zu fassen?"

Der Brunch war nun in vollem Gange. Irgendwann bauten sich Amelie und Joshua kleine Katapulte aus Eierlöffeln und Messerbänkchen. Sie beschossen sich mit Bitterballen. „Het is genoeg. Geen onzin meer!", protestierte Marijn. Bitterballen waren seine Leibspeise. „Lass sie doch, die beiden Rabauken", lachte Grandpa Joseph jovial. „Und wie ging die Sache aus, da bei Worringen?", wollte Ellen zurück zum Thema. „Wie es immer ausgeht", raunte Joseph Engel, „Sieger schafft Tatsachen. Verlierer billigt Sühnevertrag." Ellen köpfte ihr Ei mit dem Messer. „Dann warten wir mal ab, wer da als Sieger vom Feld kommt, wenn der Schlachtendampf sich lichtet." Ein Bitterballen kam haarscharf an ihr vorbeigerauscht. „Jetzt ist aber mal Feierabend hier", fuhr sie die verdutzte Amelie an. „Geht doch einfach mal raus in den Garten mit eurem Vater Luftgewehr schießen!" Grandpa Joseph nutzte die kurze Verwirrung, um wieder lauter zu drehen. „Zurück vom Ring!" schallte es aus den Lautsprechern. Gleich würden die Rheintöchter Hagen in die Tiefe ziehen.

Einmal mehr querte Anna-Lena Posch den Parkplatz zwischen Sekretariat und Haupthaus mit einem Brief in der Hand. Zum Kaminzimmer. Frisch hinein. Knarrende Dielen. Erwartungsvolle Blicke. Sven überflog den Inhalt und ließ das Schreiben sinken. „Fragment Invest. Hat jemand von euch schon mal von denen gehört?" Kopfschütteln bei Babette Wieler. Schulterzucken bei Volker Spindler. Berthold Siepenkötter: „Gib mal her den Wisch, ich kenn die alle." Dann wenig später: „Kenn ich nicht." Jetzt wollte Babette auch mal sehen. „Was steht denn da im Briefkopf? Haben die auch einen Geschäftsführer?"

„Manfred Pucker heißt der Vogel", nuschelte Berti und reichte das Schreiben weiter. „Manfred Pucker? So wie unser Koch?", fragte Sven. „Heißt der Pucker? Ich dachte, der heißt nur Manfred", sagte Babette. „Ich will gar nicht sagen, was mir zu dem Namen einfällt", sagte Berthold. „Na na", beschwichtigte Sven. Grundsätzlich können wir uns doch nicht beschweren. Liest sich doch alles ganz manierlich." Damit wollte es Volker Spindler nicht bewenden lassen. „Warum warst du als größter Finanzer aller Zeiten denn nicht bei der Versteigerung dabei, Berti?" Der winkte ab. „Ohne Moos nix los. Das wäre nur peinlich geworden. Hättest ja selbst gehen können."

„Aber sicher. Gerne. Wenn du dich dafür auch mal um den Platz kümmern würdest." Kein gutes Karma heute, das war jetzt klar. „Zumindest müssen wir uns als Vorstand selbstkritisch fragen, warum keiner von uns dahingegangen ist", meinte Babette. „Wär ja nicht uninteressant gewesen zu wissen, wer da mitgeboten hat und wie viel." Sven war bedient. „Bringt uns das weiter? Ich denke nicht." Er holte tief Luft. „Wir haben gekämpft um unseren gültigen Pachtvertrag und wir hatten Erfolg. Wir wussten, wir würden einen neuen Eigentümer bekommen. Jetzt haben wir einen. Vielleicht sollten wir unsere Aufmerksamkeit einfach mal darauf richten." Die Runde hüllte sich in Schweigen. „Das eine tun. Das andere nicht lassen", murmelte Babette schließlich. „Okay. Dann tun und lassen wir mal alle, wonach uns gerade der Sinn steht. Aber bitte künftig ohne mich", entgegnete Sven ruhig. „Ich mache das noch bis zur Mitgliederversammlung. Dann bin ich raus." Hochgezogene Augenbrauen. Stilles Nicken. Leises Hüsteln. „Das haben wir zu respektieren", brummte Berthold Siepenkötter mit Grabesstimme. „Und jetzt zurück zu diesem Pucker", versetzte Sven matt, „den laden wir jetzt mal ganz schnell zu einem ersten Kennenlernen ein." Frau Severing tauchte mit frischem Kaffee in der Tür auf. „Aber vorher fragen wir mal seinen Namensvetter in der Küche, ob der uns nicht ein paar ordentliche Frikadellen braten kann." Geräuschvoll stellte Frau Severing die Kanne ab. Dann stemmte sie beide Hände in die Hüften. „Ne, Herr Gräther, Küche ist nicht. Wenn Sie den Manfred meinen, der hat gekündigt. Darüber wollte ich gerade mit Ihnen sprechen."

Auferstehung

Vom Eise befreit waren Strom und Bäche. Holder Frühling zog herauf über Landsberg. Vor der Terrasse ein gelber Teppich erblühender Narzissen. Der alte Winter wich eiligen Schrittes zurück. Kletterte die Hügel hinauf. Eisschauerte ostwärts über die verwitterten Ruinen der Fliehburg. Ward schließlich noch irgendwo hinter Meschede gesehen. Doch bald wurde ihm auch das zu öde.

Rita und Markus feierten ihre Auferstehung. Bildung und Streben regten sich in ihnen. Hundert Länder wollten bereist, tausend Städte entdeckt werden. Überall wetteiferten Museen um ihre Gunst. Luden Läden zum Kaufen. Ließ Köstliches sich kosten. Die Welt war ein buntes Gewimmel. Alles vibrierte in Licht und Lust und süßer Verheißung. Von diesem Olymp aus wirkte ihr altes Leben wie ein düsteres Gemäuer. Eng und windschief. Gebeugt unter der Last bizarrer Giebel und Dächer. Hier war alles Überfluss. Buntes Getümmel. Luftig spannte sich ein weiter Himmel über ihnen. Ein einziges Jauchzen auch jetzt beim Flanieren über Mailänder Piazza del Duomo. Eben noch hatten sie in einem exklusiven Designerladen in der Galleria Vittorio Emanuele II eine sündhaft teure Ricardo-Zetti-Leuchte in Form eines gewinkelten Frauenbeins erworben. Die würde später ins Hotel geliefert. „Ach, Baby," seufzte Markus jetzt, „hier bin ich Mensch, hier darf ich's sein!" Durft' es nicht nur, wurde dazu auch noch unablässig ermuntert. Mehr Menschsein ging ja überhaupt nicht mehr! Jubel, Trubel, Heiterkeit soweit das Auge reichte. Heute Mailand. Nächste Woche Madrid. Dann warteten Glasgow und Edinburgh. „Warte mal ab, Kus-Kus, wir werden noch so richtig fiese Snobs", drohte Rita lachend mit dem Finger. „Werden wir nicht, sind wir schon", sagte Markus und lotste sie an einen kleinen Tisch der Vista Duomo Bar. Sie ließen sich Wasser und einen Lugana bringen. Dazu ein leichtes Essen. Safranrisotto mit gehackten Pistazien für Rita. Markus entschied sich für Scialatielli allo scoglio. Beides war delikat. Als sie zurück ins Hotel kamen, stand die Ricardo-Zetti-Leuchte schon auf ihrem Zimmer.

Auch zu Hause lief es rund. Bereits im Vorfeld der Versteigerung hatte das erste Projekttreffen der Fragment Invest im Hardenberghang stattgefunden. „Unser Küchenkabinett", wie Markus und Rita sagten. Dazu gehörten noch Rolf Kannegießer und Manfred Pucker. Die einzigen beiden Menschen, denen Markus von seinem Lottogewinn erzählt hatte. Manfreds Reaktion fiel gewohnt trocken aus: „Wir werden dich vermissen bei Wagner Lotto-Presse-Tabak!" Markus hatte erwidert, er solle das mal positiv sehen. Endlich könne er Landsberg von einem höchst fragwürdigen Koch befreien. So nahmen die Dinge ihren Lauf. Wie gut, dass es das Küchenkabinett gab. Vieles war abzuwägen. Manches zu entscheiden. Landsberg erwerben, einfach weil man es konnte? Gut und schön. Aber was dann? Worauf lief das hinaus? „Ein breit diversifiziertes Immobilienportfolio", schlug Kannegießer vor. „Lebensqualität schaffen in der Region", wollte Rita. „Synergien nutzen im Zusammenspiel mit Brockmann Bau", sinnierte Markus. Manfred Pucker schließlich regte an, sich in der Ausrichtung ganz auf Infrastruktur und Betrieb von Golfanlagen zu konzentrieren. Warum perspektivisch nicht auch europaweit? In dem Thema kenne er sich ganz passabel aus. Während seiner Zeit in St Andrews habe er auch jenseits des Platzes die eine oder andere nützliche Erfahrungen sammeln dürfen. Kontakte sowieso. Und überhaupt, St Andrews: Ob Rita und Markus denn schon einmal dort gewesen seien.

Nein? Das könne er nur dringend empfehlen. Land und Leute. Beides großartig. Und das sage er, obwohl er heute seine Finger von dem guten Single Malt lassen müsse. Leider. Als Markus ihn fragte, ob er sich vorstellen könne, die Geschäftsführung der Fragment Invest zu übernehmen, hatte Manfred keine Sekunde gezögert. Das einzige, das er sogar noch besser könne als kochen, sei führen. Die Sache war geritzt. Der Kannegießer hatte umgehend begonnen, ein feinmaschiges Netz von Kontakten zu knüpfen: Investoren, Fondsgesellschaften, Facility Management, Touristik und Erlebnisgastronomie. Darüber begann auch die gute alte Brockmann Bau neu zu erblühen. Die Auftragsbücher füllten sich. Bald würde man Rekrutierung und Personalmanagement professionalisieren müssen. Als größte Überraschung aber erwies sich tatsächlich Manfred. Geschäftsführung lag dem tatsächlich im Blut. Er führte genauso, wie er gekocht hatte: Lief etwas nicht nach Plan, kam ein Schlag Sauce drauf. Fertig war das neue Gericht. Der Mann steckte voller Überraschungen. Ein Naturtalent. Konziliant, wenn es die Situation erlaubte. Hart, wo Härte erforderlich war. Immer verbindlich, zielstrebig, instinktsicher. So konnten sich Rita und Markus ganz auf ihre Stiftungsarbeit konzentrieren. Auch so eine Idee vom Kannegießer. „Steuermindernd", hatte der gesagt. „Sinnstiftend", hatte Rita gehört. Es war wohl beides. Den Anfang machte die Rita und Markus Brockmann Stiftung. Die förderte begabten Nachwuchs im technologischen und naturwissenschaftlichen Bereich. Stiftungsmotto: Learn – Earn – Return. Auf Landsberg wusste man freilich nichts von diesem Mantra. Nur, dass Svens erster Eindruck nicht getrogen hatte: Beschweren konnte man sich nicht. Dieser Pucker hatte schon in seinem ersten Schreiben anklingen lassen, dass die Fragment Invest an einer langfristigen Verlängerung der Pachtvereinbarung interessiert war. Auch habe man weitergehende Pläne, was Instandsetzung und Wertsteigerung des Objekts anbelange. Na, das klang doch vielversprechend! Berthold Siepenkötter hatte umgehend Nachforschungen angestellt, um das Geheimnis hinter der ominösen Fragment Invest zu lüften. „Keine große Sache", hatte er gesagt, „dafür reicht ein Blick ins Handelsregister." Reichte nicht. In der Gesellschafterliste stand nur Dr. Rolf Kannegießer als Treuhänder verzeichnet. Kein Hinweis auf Treugeber und Treuhandverhältnis. Berti war sauer. Wie ein Depp stand er da. Gleichwohl gingen bei dem Namen Kannegießer alle Alarmglocken. Das war doch der Partner von dem ollen Plock. Nachtigall, ick hör dir trapsen. Diesem Pucker würde man mal auf den Zahn fühlen müssen. In einer Woche wüsste man mehr.

Gerhard Plock hatte andere Probleme. Rolf Kannegießer wusste etwas, das er besser nicht wissen sollte: Yannick. Cannabis. Schulverweis. Zu Anfang des Jahres hatte man noch offen gesprochen. Jetzt war das wie ein Elfmeter ohne Torwart. Zur Gefahrenabwehr bräuchte man die schmutzige Wäsche des Ex. Aber der Kannegießer war immer ein rechter Saubermann gewesen. Der Kerner sowieso. Um die robusten Mandate hatte sich Gerhard stets selbst gekümmert. Zusammen mit seinem Haudrauf in PR-Angelegenheiten, diesem grässlichen Sebastian Kracht. Von dessen Existenz wussten Kerner und Kannegießer zum Glück nichts. Hoffte er. Jetzt war Gerhard unterwegs auf einer Übungsrunde. Zusammen mit Jürgen Driewer. Dessen IPO-Mandat brauchte er dringend als Mitgift für die Partnerschaft bei Rupf, Armbruster & Furtenbach. Da durfte man schon mal ein bisschen Bauchpinseln: „Super Chip, Jürgen!" Der bedankte sich artig. Alle Hoffnungen hingen jetzt am seidenen Faden. „Toller Schlag, Jürgen!" … am elektrischen Laden.

„Alle Achtung, Jürgen!" … am rollenden Brett. „Ist geschenkt, Jürgen!" … am Weg aufs Parkett. „Weltklasse!" Der arme Jürgen wusste gar nicht, wie ihm geschah. Zur Abwechslung sagte er jetzt auch mal: „Starkes Spiel, Gerd". Das war so offensichtlich gelogen, dass es ihm gleich wieder leid tat. Wie zur Bestätigung, hackte Gerhard erneut in den Boden. „Nochmal zum unerwarteten Auftritt meines alten Freundes Kannegießer bei dieser Auktion", wechselte Plock geflissentlich das Thema, „du hast nicht die leiseste Ahnung, wer dahinterstecken könnte?" Hatte Jürgen nicht. „Vielleicht die Engel-Vermeers mit ihren Sackmaschinen und Füllsystemen?" Konnte sich Jürgen nicht vorstellen. Die hätten das anders aufgezogen. So über die Toppen geflaggt. Mit Pauken und Trompeten. Leise konnten die gar nicht. „Und diesen Manfred Pucker, den kennst du auch nicht?" Nie von dem gehört. So war es. Jürgen kannte den schließlich nur als Manfred der Koch. So wie Kermit der Frosch. Billy the Kid. Karl der Große. Und viel mehr als mit denen hatte er mit Manfred auch nicht zu tun gehabt. „Naja, sei's drum", seufzte Gerhard, „Irgendwann kommt die Sache schon ans Licht." Das meinte Jürgen auch. Im Übrigen war es ihm egal. Gut, er hätte Landsberg gerne einen mitgegeben, nach dem unrühmlichen Abgang aus dem Kompetenzteam. Aber so verbissen sah er das nun auch wieder nicht. Außerdem ging ihm das Duo Becker-Ruhmbach mittlerweile gehörig auf die Nerven. Diese ganze Schmalspur-Spionagenummer. Das Kapitel war für Jürgen abgeschlossen. „Warum der Plock das noch mitmacht?", fragte er sich. „Und wie geht es jetzt weiter in Hefel?", fragte er den Plock. Der zuckte nur mit den Schultern: „Auch andere Mütter haben schöne Töchter. Es muss ja nicht Landsberg sein." Und dann ging es wieder los mit den Schmeicheleien. Zum Glück war es nicht mehr weit bis zur Achtzehn. „Nicht mein Tag heute, aber eine echte Lernstunde", lächelte Plock, als er Jürgen zum Abschied die Hand drückte. Der packt ja zu wie 'ne Schraubzwinge, dachte Jürgen und sagte: „Gerne wieder!" Dabei wollte er den Plock eigentlich auf Distanz halten. Soviel wusste er: Niemals in ein fallendes Messer greifen.

Und das Messer fiel. Bei Rupf, Armbruster & Furtenbach stand Gerhard Plock schwer unter Druck. Von vornherein hatte man Tacheles geredet, was die Erwartungen an ihn anbelangte. Man war ja nicht die Wohlfahrt. Da müsste schon ordentlich Neugeschäft kommen, bevor er seinen Namen auf dem Klingelschild finden würde. Ansonsten bliebe er eben Junior Partner. Das mit dem Neugeschäft aber erwies sich als schwierig. Schlimmer noch: Zunehmend verlor Gerhard auch bestehende Mandate. Das war wie ein Schneeballeffekt. Es ging los mit denen, die irgendwie dem Landsberger Umfeld zuzurechnen waren. Die knipsten einfach von heute auf morgen das Licht aus. Dann gingen Zug um Zug jene, die sich schon früher bewusst gegen Rupf, Armbruster & Furtenbach entschieden hatten. Die orientierten sich auch jetzt neu. Und dann gab es noch die dritte Gruppe. Die war besonders schwer auszurechnen. Das waren die, die instinktiv zu spüren schienen, dass Plock jedes Fortune verlassen hatte. Jetzt sahen die auch noch Kerner Kannegießer florieren. Eine knifflige Lage. Derweil war Yannick wieder zu Hause eingezogen und besuchte das städtische Gymnasium. Schon hieß es, das entwickele sich zu einer echten Kifferbude. Und wie der Junge rumlief! So dürfte der einem Rupf, einem Armbruster oder einem Furtenbach nicht unter die Augen kommen. „Gestatten, Plock junior", ein Albtraum! „Sprich du doch mal mit dem Jungen", hatte Henriette ihn immer wieder gedrängt. Er war also nach oben gestiefelt und hatte entschlossen an Yannicks Tür gehämmert. Drinnen roch es wie in einer Pumahöhle. „Erfolg", hatte Gerhard gerade angesetzt zu sagen, da fiel ihm der pubertierende Spross schon ins Wort. „Jaja, hat einen strengen Lehrmeister. Ich weiß. Wie hieß der doch gleich? Ach ja: Disziplin. Mach dich mal locker." Locker machen? Er sich? Gerhard war ganz weiß geworden im Gesicht. Hinter ihm tauchte jetzt Henriette auf. „So sprichst du mit deinem Vater?", schrie die. „Warum, wenn er mich doch gefragt hat?", kam es aus dem Muff. Blitzschnell versuchte Gerhard seine Strategie anzupassen. „Schön. Was du aus deinem Leben machst, ist deine Sache. Kannst ja auch Penner werden. Aber eines sage ich dir …" Hier machte er eine Pause. Nicht nur um Luft zu holen. Mehr noch, um in sich hineinzuhorchen, was denn diese eine Sache sein könnte. Das entwickelte sich zu einem echten Cliffhanger. Selbst Henriette guckte ihn ganz erwartungsvoll an. „Toll ist das nicht, unter einer Brücke zu schlafen." Punkt. Das hatte er vergeigt. Das war sofort klar. „Besser als hier!", kam es zurück. Jetzt schossen Henriette und er aus allen Rohren. Sie: „Bald bist du Achtzehn. Dann kannst du tun und lassen, was dir gefällt." Er: „Aber bis dahin lasse ich nicht zu, dass du kaputtmachst, was ich für uns aufgebaut habe." Sie: „Schämen muss man sich ja." Er: „Und wenn es nur das wäre." Sie: „Richtig dolle schämen." Er: „Glaubst du, ich arbeite so verdammt hart, damit mich dieser Schwachkopf von Kannegießer am Ende erpressen kann mit meinem eigenen Fixer-Sohn?" Sie: „Fixer?" Er: „Oder was auch sonst ihr da treiben mögt." Sie: „Denk mal drüber nach." Schweigen. Nachdenken. Dann wieder aus dem Muff: „Die Kannegießers sind voll in Ordnung. Mit denen kann man wenigstens reden. Die haben mir sogar angeboten, dass ich bei denen einziehen kann, wenn ihr mal wieder völlig am Rad dreht." Der Kannegießer. Das war ja ein richtiger Lump. Der war ja noch viel schlimmer als so ein lausiger Erpresser. Das war ja ein regelrechter Kinderfänger. Gerhard war fassungslos. Henriette sprachlos. Das letzte Wort hatte der da im Muff: „Und jetzt macht endlich die Tür zu. Ich will Fifa spielen!"

„Mailand oder Madrid, Hauptsache Italien!", freute sich Markus, als sie aus dem Flieger stiegen. „Lothar Matthäus!", sagte Rita. Markus wollte sie nicht korrigieren, aber Andy Möller hatte das gesagt. 1992, vor seinem Wechsel zu Juventus Turin. Seines Wissens waren sie jetzt in Spanien. Oder hatte Möller doch recht gehabt? Bei der ganzen Reiserei kam man ja kaum mehr mit. Auf ihrem Weg ins Four Seasons meldete sich das vertraute Glasperlenspiel von Markus' Mobiltelefon. Ellen war dran. „Wo seid ihr gerade? Madrid? Wart ihr nicht gerade erst in Mailand?" Das sei letzte Woche gewesen. „Ihr kommt ja rum! Gehen die Geschäfte wieder besser?" Es mache sich. „Und das Haus?" Verkauf sei vom Tisch. Alles wieder eingerenkt. „Also, Markus, du weißt gar nicht, wie sehr ich mich für euch freue!" Doch, das wisse er. „Direkt am Plaza de Cibeles, da ist so ein nettes Lokal ... Da müsst ihr hin!" Würde man machen. „Grüßt mir den Prado!" Worauf Sie sich verlassen könne. „Ellen?", fragte Rita. „Ja, Ellen", bestätigte Markus. Damit waren sie wieder beim Thema. Nicht, dass Rita eifersüchtig gewesen wäre auf Markus' Freundin seit Kindheitstagen. Vielmehr ging es um die Frage, wen man wann ins Boot zu holen hätte in Sachen Lottogewinn und neuer Lebenssituation. Bisher wussten nur der Kannegießer und der Manfred Bescheid. „Du musst es der Ellen sagen!", meinte Rita jetzt. „Dann wissen es alle auf Landsberg", machte Markus geltend und legte die Strin in tiefe Falten. „Nicht, wenn du mit Ellen so was wie ein Moratorium vereinbarst. Sie verpflichtet sich zu schweigen bis zum Angolfen. Dann werden wir uns erklären." Uns erklären. Genau das war es ja, was Markus Kopfzerbrechen bereitete. Lottogewinn. Das konnte ja theoretisch jeder. Das kam nicht aus eigener Tüchtigkeit. Wie hörte sich das denn an: Die Geschäfte liefen mau. Die Takeuchi steckten im Schlamm. Die Mitarbeiter hatten gekündigt. Ja nun, da habe er also angefangen zu spielen. Und siehe da, kurz vor Toresschluss habe er so mit den anderen Gestrauchelten und Gestrandeten vor Wagner Lotto-Presse-Tabak abgehangen. Und der Rest habe sich dann irgendwie ergeben. Das sollte er erklären? Zum Saisonauftakt auf Landsberg? Alle mal herhören, ich hab da was mitzuteilen …? Lieber würde Markus Gras über die Sache wachsen lassen. Einfach mal das Wasser halten. Kopf einziehen und sich nicht aus der Reserve locken lassen. Nebenbei andeuten, er habe da so eine Sache laufen. Alles noch nicht spruchreif. Und dann ein anderes Garn spinnen: Man sei volles Risiko gegangen mit dem Umbau von Brockmann Bau. Rigorose Neuausrichtung. Harte Personalschnitte. Modernisierung des Maschinenparks. Eine rechte Rosskur. Aber jetzt zahle sich alles aus. EBIT, ROCE, Cash Conversion: Alles ging mit einem Mal durch die Decke.

Statt durch die Decke gingen Rita und Markus erstmal shoppen. Dann ins Prado. Vor allem Brueghel hatte es Rita angetan. *Der Triumph des Todes*. Düsterer Himmel über weiter Landschaft. Brennende Städte. Sinkende Schiffe. Leichen und Untote. Uhaha, wir kommen Dich holen … Die marodierenden Skelette leisteten offenkundig ganze Arbeit. Köpften, hängten, räderten, ersäuften, schwangen Äxte, Speere und Sensen, was das Zeug hielt. Besser davor stehen als dadrin. Goya war auch gut. *Riña de gatos*. Schwarzer Kater und Tigerkatze im Streit auf efeubewachsener Ruine. Sich gegenseitig anfauchend. Das Fell gesträubt.

„Landsberg und Hefel", lachte Rita. Goya hatte das Bild für das Speisezimmer eines spanischen Kronprinzen gemalt. „Wer hängt sich denn so was über den Esstisch?", wunderte sich Markus. „*Saturn verschlingt seine Kinder* willst du da aber auch nicht haben", bemerkte Rita. Über all die Geistesnahrung bekamen sie gleich wieder Appetit. Sie entschieden sich für Ellens Empfehlung. Palacio de Cibeles. Markus nahm Seehecht mit Piquillo-Pfeffer und Tobiko-Creme. Rita wählte Salat mit jungen Sprossen, Ziegenkäse, gerösteten Tomaten, Olivenpulver, roten Beeren und Mango-Honig-Dressing. Dazu ein leichter Fefiñanes Rías Baixas. So ließ es sich leben.

„Sie?!" Sven Gräther konnte es nicht fassen. Babette Wieler konnte es nicht fassen. Nicht Volker Spindler und schon gar nicht Berthold Siepenkötter. Da stand Manfred Pucker. Gut, den hatte man auch erwartet. Aber doch nicht den Manfred Pucker! Manfred der Koch. Der Mann, der in den Sack gehauen hatte. Der Mann, der hingeschmissen hatte. Der Mann, der einem Treue und Arbeitgeberattraktivität übel vergolten hatte! Auf Landsberg blieb die Küche kalt, seit dieser Deserteur von der Fahne gegangen war. Deshalb gab es jetzt auch nur kalte Platte von der Fleischerei Ruhmbach. Auch das noch. „Ich hoffe, Sie sind nicht Vegetarier, Herr Pucker", gewann Babette als erste die Fassung zurück. „Aber gewiss nicht", nahm Manfred die Einladung zur Zwanglosigkeit an, „auch wenn ich versuche, meinen Fleischkonsum deutlich zu reduzieren."

„Und Sie sind jetzt also nicht mehr Koch?", fiel Berthold Siepenkötter etwas plump mit der Tür ins Haus. „Nein", sagte der Pucker knapp. Damit wollte Berti sich nicht abspeisen lassen. Das sei ja doch ein langer Weg vom Koch zum Investor. Wie das denn wohl gehe? Ganz einfach: mit Talent und harter Arbeit.

Ob er denn noch die Finanzen mache? „Ja", gab jetzt der Siepenkötter sich zugeknöpft. Als nächster tastete sich Sven vor.
Ein Rundgang mache nach Lage der Dinge wohl wenig Sinn,
außer natürlich er bestehe darauf. Nein, das sei nun wirklich
nicht nötig, bedankte sich Manfred. Ob er denn überhaupt
schonmal Golf gespielt habe in seinem Leben, wollte dann Volker Spindler wissen. Ja, ganz passabel. Handicap? Null. Oh, das
sei ja mal eine Überraschung. Offensichtlich nicht die Einzige,
bemerkte Manfred. Ob man denn mal zum Geschäftlichen
kommen wolle. Dann könne man ja auch die Anwälte dazu bitten. Und so geschah es. Schnell war man sich einig in den tech-
nischen Modalitäten. Die Vereinbarung sollte über weitere 30
Jahre laufen. Zweckgebunden. Der Pachtzins war fair. So auch
die geforderten Zusatzleistungen für die Fruchtziehung, um-
satzgestaffelt. Neu war der Vorschlag, Golfanlage und Clubgastronomie gesondert zu betrachten. Wenn man einverstanden
sei, wäre die Fragment Invest GmbH auch bereit, als Betreiber
von Küche und Keller einzusteigen. Neues Ambiente. Koch.
Zwei, drei Kellner. Interessante Idee. Zur Beratung zog sich der
Vorstand Gut Landsberg mit seinem Rechtsbeistand zurück.
Manfred Pucker und Rolf Kannegießer überbrückten die Zeit
bei Sülze und Landjäger. Saugut. Aber doch keine Alternative zu
hauseigenem Landsberger Gaumenkitzel. Man musste ja auch
an die Vegetarier denken. An den Sonntagskuchen. Das Gabel-
frühstück. Die Salatbar. Das dachte wohl auch Berti Siepenkötter, als er schließlich sagte: „Dann haben wir das ganze Thema
von der Backe." Auch die anderen waren dafür. „Was biegt, das
bricht nicht", gab Volker Spindler zu bedenken. „Man muss mit
der Zeit gehen", meinte Babette Wieler. „Und die Beate Severing, die will ja auch ständig den halben Tag frei nehmen", wusste Sven Gräther. Die Sache war entschieden. Zurück im Kamin-

zimmer wurde Champagner gereicht. Manfred Pucker fragte nach Orangensaft.

Das Angolfen stand unmittelbar bevor. Keine zwei Wochen mehr, dann würde es losgehen. Zweiundsiebzig Teilnehmer. Neunundzwanzig aus Hefel. Die Stiftung Orgelklang schickte freundliche Grüße und wünschte einen segensreichen Verlauf. Sicher wurde da schon mit dem Zungenregister geschnalzt. Das Greenkeeper-Team um Jakub hatte ganze Arbeit geleistet. Landsberg präsentierte sich in Bestform. Selbst die doofen Würmer schienen abgetaucht zu sein. Außerdem war es jetzt schon sommerlich warm. Markus saß mit Ellen auf der Terrasse und blinzelte in die Frühlingssonne. „Herrlich", seufzte Ellen. Markus nickte nur. An der Seite von Astrud und João Gilberto verströmte Stan Getz Copacabana Flair. *The Girl from Ipanema.* Frau Severing drehte das Radio lauter. Jetzt muss ich es ihr aber sagen, dachte Markus, sagte aber noch immer nichts. „Hast du das mit Sven gehört?", fragte dafür Ellen. „Was jetzt?", freute sich Markus über den nächsten Aufschub. Ellens Mundwinkel formten ein breites Lächeln. „Sieht so aus, als würde bald ein Stuhl frei im Vorstand." Markus nahm einen Schluck von seinem Aperol Spritz. „Allerhand", sagte er, „hat dich schon einer gefragt?" Ellen wirkte überrascht. „Nein. Aber ich hab beherzigt, was du mir hier vor gut einem halben Jahr gesagt hast." Markus hatte keine Ahnung, was das gewesen sein sollte. „Du hast gemeint, ich müsse schon sagen, was ich will. Laut und deutlich. Lieber Vorstand. Hier bin ich. Ich will das machen."

„Und?"

„Hab ich gemacht. Ich hab meinen Namen in den Feuerkelch geschmissen." Jetzt oder nie, dachte Markus. „Apropos sagen, laut und deutlich und so. Ich muss dir auch was sagen, Ellen."

Und dann erzählte Markus die ganze Geschichte. Von ungewollter Spielleidenschaft. Von unverhoffter Freundschaft. Von unverschämtem Glück und unverhältnismäßig hohem Gewinn. Von unbotmäßigem Plock und unglaublichem Kannegießer. Vom unheimlichen Erfolg der Fragment Invest und von ungenannter Eigentümerschaft Landsberger Latifundien. „Das gibt es doch nicht ... Ist nicht wahr ... Du willst mich veräppeln", sagte Ellen immerzu. Nichts von alledem. Markus schloss seinen kleinen Vortrag mit aller Strenge, die ihm zu Gebote stand: „Aber Ellen, bitte, bis auf weiteres, kein Wort zu niemandem!" Ellen hob zwei Finger zum Schwur. „Niemals!" Dann erwiderte Sie in gleicher Ernsthaftigkeit: „Weißt du, was ich eben dachte, als du meintest, du müsstest mir was beichten?" Nein, das wusste Markus nicht. Sein Blick wanderte über die Terrasse auf der Suche nach Frau Severing. Kein Service nirgends. „Ich dachte, du wolltest mir sagen, ich sei die Liebe deines Lebens. Gut, dass es nur der Lottogewinn war."

Das Gespräch hatte Ellen Auftrieb gegeben. Erstens freute sie sich wirklich für Rita und Markus. Und zweitens war die Sache nicht uninteressant mit Blick auf ihre eigenen Pläne. Eine Achse des Vertrauens zwischen Präsidentin und Pachtherren. Das hatte was. Nur eines machte ihr Sorgen: Der Stern von Thomas leuchtete immer heller im Kompetenzteam. Bei Christoph hatte sie falschgelegen. Dem fehlte am Ende doch der Zug zum Höheren. Kein Wille. Keine Vision. Aber der Thomas. Dem fielen die Dinge einfach so zu. Völlig mühelos. Was der anfasste, funktionierte. Allein der Coup mit der Rekrutierung von Arne Kellerbach. Der neue Head Pro zog Mitglieder, da rieb man sich bloß die Augen. Landsberg wuchs. Zum ersten mal seit Jahren. Als nächstes hatte Thomas vorgeschlagen, sich stärker für Familien zu öffnen. Auch das haute hin. Täglich neue Gesichter im Club. Junge Gesichter. Und jetzt zog Thomas gleich sein nächstes Ass aus dem Ärmel. Diesmal etwas, um die älteren Semester bei Laune zu halten. Hauskonzert mit Juri Iljewitsch. Der Starpianist stand, natürlich, auf seiner Patientenliste. Wen kannte der eigentlich nicht? Bei so einem kannst du ja irgendwann gar nicht mehr anders, als den in den Vorstand zu holen. Und dann war man auch noch enge. Sie kannte Thomas seit der Oberstufe. Marijn und der waren zusammen bei den Rotariern. Also, Blutpolka tanzen wie mit dem Jürgen ging bei dem nicht. Da blieben nur Glaube, Liebe, Hoffnung. Diese drei. Die Liebe aber war die größte unter ihnen. Das wurde Ellen schon am folgenden Abend klar. Marijn war von einem Treffen mit seinen rotarischen Freunden nach Hause gekommen. Beseelt. In Hochstimmung. Stolz wie Oskar. „Zij vroegen mij, ob ik de Rotarians voorzitten will, liefje!", hatte er gesagt. „Nee, wat een eer." Ellen hatte ein bisschen unterkühlt reagiert. Natürlich freue sie sich mit ihm. Und stolz sei sie auch. Aber ob er sich denn darüber im Klaren sei, wieviel Zeit das in Anspruch nehmen würde. Und überhaupt. Der Markus und die Rita, die juckelten die ganze Zeit durch die Weltgeschichte, während sie hier in Isenberg festsitze und Fernweh schiebe. Wann man denn selbst das letzte Mal im Prado gewesen sei? Oder im Louvre? Oder in der Tate? Aber bitte, wenn das Seelenheil des Herrn Vermeer an Posten und Titeln hinge, ja, dann solle er mal schön so weiter machen. Er sei ja ohnehin nur noch ein sporadischer Gast in diesem Haus. So selten wie man sich sehe. Ganz bedröppelt hatte Marijn am Ende dreingeschaut. Vor allem aber hatte er eingelenkt. „Goed. Dan nich. Dan isset nich mogelijk." Ellen hatte ihn angestrahlt. Hatte ihn „mijn dropje" genannt. Dann war sie mit einem Mal ganz nachdenklich geworden und hatte gesagt: „Du,

Marijn, weißt du was, du solltest Thomas für den Vorsitz vorschlagen. Der würde das sicher auch gut machen. Und schließlich sind wir befreundet."

Dem Rotary Club Isenberg als Präsident vorstehen? Das passte Tomas Kohler aktuell gar nicht in den Kram. „Ich bin nicht lange dabei", hatte er das noch abzuwenden versucht. „Davon wollen wir nichts hören!", hatte der Chor der Past-Presidents gerufen. „Wir brauchen dich hier und jetzt", hatte der Noch-Präsident gesagt. „Ik wens je het allerbeste", hatte Marijn gesagt. Also war es abgemacht. „Was sollte ich machen?", fragte Thomas den Christoph, als sie gemeinsam am Abschlag der Zwei standen und talwärts blickten. „Dem konnte ich mich ja schlecht entziehen". Christoph nickte. „Mag wohl sein. Und erst recht nicht dem Willen unserer Ellen." Ja, der Christoph. Der wusste, wie der Hase läuft.

In den darauffolgenden Tagen war die Hölle los auf Landsberg. Alle Welt sprach jetzt nur noch von dem Turnier. Hefel gegen Landsberg. Kampf um Mittelerde. Range und Kurzspielbereich waren rund um die Uhr voll besetzt. Freie Abschlagszeiten Fehlanzeige. Arne Kellerbach schob Sonderschichten und verlegte sich auf Gruppentrainings. Selbst Knut Geißler war komplett ausgebucht. Markus und Rita nahmen es locker. Die hatten ihr Trainingslager in Schottland aufgeschlagen. Auf Glasgow und Edinburgh folgten ein paar Tage St Andrews. Vormittags: Castle Course, Kingsbarns, Dumbarnie. Abends: The Peat Inn. The Cellar. Craig Millar's. Dazwischen: Abhängen. Möwen gucken. E-Mails checken. „Eine Rundmail von Landsberg, Baby!", rief Markus in den meerseitig auffrischenden Wind hinein. Rita stand ein wenig abseits auf der Mole und bombardierte die

Möwen in Crail Harbour mit Brotresten. „Welcher Wahnzwerg?" Markus sah ein, dass das so nichts werden konnte. Vorsichtig erklomm er die schlüpfrigen Stufen der uralten Hafenmauer und gesellte sich zu ihr. „Hier, von Landsberg. Die fragen, ob jemand Interesse hat, Sachpreise für das Angolfen am Samstag zu stiften." Das würde man bei einer Lobster Roll diskutieren. *Cooked while you wait* stand auf der handgemalten Tafel an einer kleinen Bretterbude und *Do not touch the lobsters*. Auf die Idee wären sie nie gekommen. Rita taten die Hummer leid. Lecker waren die trotzdem. Markus kam zurück auf die Preisfrage: „Also, was meinst du, sollen wir das machen?" Rita meinte, das sei wie Möwenfüttern: „Du wirfst was in die Luft. Schwupp, ist es weg. Und danken tut es dir keiner." Trotzdem mache es Spaß. Kurz: Ja. Außerdem wisse sie schon, was man stiften könne: diese grässliche Designerfunzel von Ricardo Zetti. Weiß der Himmel, warum man die neulich in Mailand gekauft hatte …

Endlich war der Tag des Turniers gekommen. Saisoneröffnung. Angolfen. Charity. Vanity. Sehen und gesehen werden. Das ganz große Schaulaufen. Arne Kellerbach und Knut Geißler gaben hie und da noch letzte Instruktionen. Stell dir vor … Ja, was denn? Wer jetzt noch seinen Schwung suchte, dem war nicht mehr zu helfen. Am Gutshaus hatte Anna-Lena Posch die Registrierung aufgebaut. Für jeden noch ein aufmunterndes Wort. Ein letzter Trunk zur Stärkung. Munitionsausgabe. Nervöses Lachen und hektische Betriebsamkeit. Die Spielleitung gab die Losung aus: Achtzehn Loch. Stableford. Vorgabewirksam. Kanonenstart. Dort droben von dem Hügel ist alles gut zu sehen: Das Schlachtenpanorama in gleißendem Sonnenlicht. Die Bataillone sammeln sich. Schwärmen aus ins Feld. Die Fahnen heben sich stolz in leichter Brise. Ein Zittern liegt in der Luft. Da an der Eins: Ellen Engel-Vermeer, Sven Gräther, Rainer Ruhmbach und Babette Wieler. Weiter hinten an der Fünf: Sabrina Becker, Markus Brockmann, Johann Engel und Henriette Plock. Bei dem kleinen Birkenhain, das müsste die Elf sein: Thomas Kohler, Ursula Morgenroth, Gerhard Plock und Benedikt Wüst, Captain der Hefeler Herrenmannschaft. Und ganz weit hinten an der Vierzehn, wo sich der Blick im morgendlichen Dunst verliert, das sind: Rita Brockmann, Jürgen Driewer, Marijn Engel und Maja Schupp, Hefeler Spitzentalent auch sie. Und jetzt: Über die Hügel rollt der tiefe Klang des Horns. Da kommt die erste Kugel, die an diesem Tag vom Blatt sich löst, geschlagen von des Marijns Hand. Die Ehre hat er wohl. Doch hat er auch die Nerven? Wem fliegt die Hoffnung hoch? Wem sinkt das Herze tief? Anna-Lena Posch war das egal. Hauptsache, die waren jetzt alle auf der Piste. Aus den Augen, aus dem Sinn. Da hatte sie mal ein paar Minuten für sich. Und vom Frühstücksbuffet war auch noch reichlich da.

„Schönes Spiel!", dröhnte Rainer Ruhmbach. Sein Abschlag hatte gesessen. Den anderen gleich mal zeigen, wo Bartels den Most holt. Das war auch psychologisch wichtig. Dieser Sven Gräther war um mindestens fünfzehn Meter kurz geblieben. „Schönes Spiel", sagten nun auch die anderen im Chor. Bei den Damen hatte Ellen die Ehre. Eleganter Schwung. Schöne Länge. Ordentliche Lage. Babette Wieler keinen Deut schlechter. Wobei: Eine Technik hatte die! Als wollte sie alles kurz und klein hauen. Und dabei so ein dösiges Grinsen im Gesicht. Ellen mochte kaum hinsehen. Jetzt setzte sich der ganze Flight zuckelnd in Bewegung. Rainer und Sven vorneweg. Ellen und Babette hielten sich achtern. Das war mal eine schöne Gelegenheit, unter vier Augen zu sprechen. „So von Frau zu Frau", wie Ellen meinte. Babette guckte etwas sparsam. War ja klar, was jetzt kommen würde. Kaum war durchgesickert, der Sven stünde für eine Verlängerung nicht zur Verfügung, da hatte sich Ellen schon in Stellung gebracht. Geschmacklos. Trotzdem waren alle ganz aus dem Häuschen gewesen. Super, Ellen. Respekt, Ellen. Alle Achtung, Ellen. Babette hatte als einzige verhaltener reagiert. Erstmal abwarten. Der Thomas Kohler machte auch einen super Job. Vielleicht sollte man den mal fragen. „Warum bist du gegen mich, Babette?", redete Ellen jetzt nicht lange um den heißen Brei herum. „Ich bin nicht gegen dich, ich hab nur nicht gleich Hurra geschrien."

„Eben, warum bist du gegen mich?" Meine Güte, die ging aber ran. „Na gut, Ellen, wenn du es wissen willst. Du wärst bestimmt ein prima Vorstand. Aber vielleicht musst du nicht immer gleich mit dem Kopf durch die Wand." Das nahm Ellen als Kompliment. Beide lagen ungefähr gleichauf. Ellens zweiter Ball landete gut vierzig Meter vor dem Grün. Babette landete im Bunker. Spiegelei.

Die Männer standen etwas weiter vorne, auf Höhe von Svens Abschlag. Rainer war jovialer Stimmung. „Also nochmal, Sven. Nichts für ungut. Ich hätte mich gefreut, wenn Hefel und Landsberg zusammengewachsen wären." Das glaube ich dir sofort, dachte Sven und fingerte sein Eisen 6 heraus. „Sicher, Rainer, aber wir hätten ja auch vor der Versteigerung mal reden können. Ihr wart mit der Planung ja offensichtlich schon ziemlich weit." Kurz trat Stille ein. Sven konzentrierte sich auf den nächsten Schlag. Der Stahlschaft des Eisen 6 blitzte beim Aufschwung in der Sonne. Schulbuchmäßig. Butterweich im Treffmoment. Der Ball stieg in den blauen Azur. Sven konnte es selbst nicht recht fassen. Blickte mit heruntergeklapptem Unterkiefer und aufgerissenen Augen empor. Wie'n Rind beim Bolzenschuss, ging es Rainer durch den Kopf. Dafür lag der Ball jetzt tot an der Fahne. „Geiler Schuss, Sven, mein lieber Scholli!" Unerträglich, der Mann. „Ja nun, und was den richtigen Zeitpunkt anbelangt", fuhr der Ruhmbach unbeirrt fort, „Du weißt ja: Niemals über ungelegte Eier sprechen. Ist am Ende ja auch nix draus geworden. Also: Schwamm drüber." Rainer spuckte in seine rechte Pranke und streckte sie Sven entgegen. Mag sein, dass das symbolisch gemeint war, trotzdem glänzte da Speichel an seinem Handballen. Sven biss die Zähne zusammen und packte zu.

Auch an der Fünf hatte man sich inzwischen bis zum Grün vorgearbeitet. Sabrina Becker mochte nicht die hellste Kerze am Baum sein, aber spielen konnte sie. Vom Start weg ging sie kompromisslos auf Angriff. Tigerline über die Bäume, die das nach links abknickende Dogleg von der Driving Range trennten. Und das haute auch noch hin. Jetzt lag sie mit dem Abschlag nur noch eine Pitch-Länge von der Fahne entfernt. Markus und Johann Engel spielten grundsolide. Also langsam. Das fiel nicht weiter ins Gewicht, weil Henriette Plock gar nicht vorankam. Erster Abschlag im Aus. Zweiter getoppt. Dann unter Stoßseufzern im Zickzack voran. „Verstehe ich nicht ... Gestern ging das noch ... Den spiel ich sonst im Schlaf ..." Johann Engel nannte sie nur noch das Klageweib. Bis sie auf Höhe von Sabrinas Abschlag angelangt war, standen schon sieben Schläge zu Buche. Bis zum Loch folgten vier weitere. Für Markus eine unangenehme Situation. Der war ihr Zähler. „Was hattest du?", fragte er. „Sechs", sagte die Plock ungerührt, „und es wäre mir ehrlich gesagt lieber, wenn wir uns Siezen könnten." Markus war völlig perplex. „Sechs?", fragte er ungläubig. „Sechs", wiederholte die Plock mit stierem Blick. „Aber Frau Plock, bis zu den Bäumen da vorne waren es ja schon sieben", lachte Markus. „Also, so möchte ich auch mal zählen. Wo liegt denn bei euch der Platzrekord?", feixte Sabrina. „Das war eine Elf", sagte Johann Engel unterkühlt. „Sechs", beharrte Henriette Plock, „allerhöchstens sieben." Die anderen wechselten ratlose Blicke. „Dann schreiben Sie doch einfach auf, was Sie wollen." Elf notierte Markus.

„Eine unmögliche Person!", mokierte sich Ellens Vater, als Markus und er nach gelungenem Abschlag die kleine Schlucht an der Sechs überquerten. „Der Mann ist genauso. Gerhard. Diese Ratte. Weißt du, womit die Familie ihr Geld gemacht hat?" Das wusste Markus nicht. „Schnaps. Schwarzbrennen nach dem Krieg. Die sind aus einem ganz krummen Holz geschnitzt." Der Johann kam jetzt richtig auf Temperatur. Hätte diese Mischpoke auch nur einen Funken Ehre im Leibe, dann würden die doch den Verein sofort verlassen. Dem wollte Markus nicht widersprechen. „Dann ist ja gut, dass diese Fragment Invest den Zuschlag für Landsberg bekommen hat", meinte er beiläufig. „Oh ja!", funkelte der Senior kampfeslustig. „Mit diesem Koch. Dem Manfred. Vielleicht gar nicht schlecht, wenn das jetzt mal einer macht, der weiß, was heiß und fettig ist." So hatte Markus das noch gar nicht gesehen. „Und wenn der schlau ist, dann wird der mit seiner Fragment Invest ganz schnell erkennen, was das hier für eine Goldgrube ist. Verstehst du was von Pferden, Markus?" Jetzt hatten sie ihr Thema gefunden. Sabrina Becker zog weiter ihr Ding durch. Henriette Plock fluchte.

Während die ersten Neun stark hügelig waren, präsentierten sich die zweiten Neun auf Landsberg flach wie ein Tortenteller. Die lagen an der tiefsten Stelle des Iseltals. Folgten dem Fluss in nördlicher Richtung. Früher war das alles Sumpfland gewesen.

Schwarze Tümpel, umstellt von scharfkantigem Schilf und giftigen Gräsern. An der Elf hatte man aus der Not eine Tugend gemacht. Ein Biotop, sagten die einen. So ein richtiger Schlabberwabber, meinten die anderen. Fehlten nur noch Alligatoren. Obwohl: Irgendwann hatte mal jemand begonnen, seine Schnappschildkröten hier auszusetzen. Die hatten sich prächtig vermehrt. Die Biester waren überall. Seinen Ball zog man besser nicht mit bloßer Hand aus dem Wasser. Der Flight Kohler, Morgenroth, Plock, Wüst hatte solcherlei freilich nicht nötig. Das waren alles exzellente Golfer. Vor allem Benedikt Wüst. Von athletischem Wuchs. Hohe Stirn. Energisches Kinn. Captain der Hefeler Herrenmannschaft. Ein Siegertyp vom Scheitel bis zur Sohle. Der redete nicht viel. War voll fokussiert. Doch noch vor dem ersten Abschlag war die Stimmung auf dem Nullpunkt. Das fing schon bei der Begrüßung an. „Für die Runde Gerhard", bestand der Plock auf dem Tages-Du. Dann wurden die Bälle inspiziert. Thomas: „Callaway 3". Ursula: „Srixon 3". Der Tages-Gerhard: „Titleist 1". Benedikt: „Wir spielen ja wohl nicht ohne Ballmarkierung?" Das sagte er aber erst, nachdem er lange bedeutungsvoll in die Runde geschaut hatte. So lange, dass Thomas ihn schon hatte schütteln wollen. „Ballmarkierung?", fragte er stattdessen. „Ja", sagte der Hefeler Hühne und zeigte auf die blitzsaubere Markierung seines eigenen Balles. BW und Blitz. „Aha", sagte Ursula Morgenroth, „hast du einen Marker?"

„Ja klar."

„Können wir den benutzen?"

Benedikt rollte mit den Augen und kramte in seiner Tasche. „Aber schreiben könnt ihr selbst?" Kein guter Start. Und besser wurde es nicht. Auf der Fünfzehn war Ursula nach Benedikts Dafürhalten über seine Puttlinie gelatscht. Auf der Achtzehn hatte Thomas ein Wedge aufgelesen. Das hatte der Flight vor ihnen liegen lassen. Gerhard drang auf sofortige Disqualifizierung. Schließlich habe Thomas nun mehr als die erlaubte Anzahl Schläger im Bag. Nach kurzer Zeit sprach man gar nicht mehr. Nur Gerhard. Weil den immer was störte. Und Benedikt. Weil der fortwährend Golfregeln zitierte. Und Ursula. Weil die dreimal „Fore!" rufen musste. Nur Thomas blieb absolut schweigsam und spielte einfach das beste Golf seines Lebens.

Immerhin: Andere hatten auch nichts zu lachen. Wieder andere lachten mehr und punkteten weniger. Die Gruppe an der Vierzehn zum Beispiel. Okay, den Jürgen Driewer konnte Rita nicht ausstehen. Aber Marijn mochte sie umso lieber. Jürgen wiederum hatte Marijn gefressen. Aber das beruhte auf Gegenseitigkeit. Und diese Maja Schupp war wirklich nett. „Die ganze Landsberg-gegen-Hefel-Nummer finde ich komplett daneben", hatte die gleich zu Beginn klargestellt. Alle nickten. „Indiskutabel", sagte Rita. „Kleingeestig", meinte Marijn. Und Jürgen erklärte, er habe sich von je her verstanden als Mittler zwischen den Welten. Überhaupt blühte Jürgen richtig auf in Majas Gegenwart. An der Sechzehn stießen sie auf eine Kolonie Wildkaninchen. Rita witzelte irgendwas von Osterhase und in die Pfanne hauen. Maja lachte vergnügt und sagte, sie sei seit drei Jahren „fleischlos glücklich". Jürgen fand das „faszinierend". Die vegane Ernährungspyramide habe sein Leben von Grund auf verändert. Später an der Zwei befand Maja, Golf sei für sie vor allem Entspannung. Jürgen ließ wissen, ihm habe das Golfen geholfen, seine Chakren zu öffnen. Und als Maja irgendwann sagte, sie sei „überhaupt eher so der ökologisch bewusste Typ", rief Jürgen euphorisch aus: „Ist nicht wahr. Ich mache in E-Rollern!" Marijn konnte sich kaum mehr halten. Da sei er doch klar im Hintertreffen, steckte er Rita. Wie sich denn das anhöre: „Gaaf. Ik doe Sackmaschinjes und Füllsystems." Seinen großen Moment hatte Marijn gleichwohl bei der Spendenaktion am Halfway House. Bogenschießen. Pfeile für Pfeifen. Mit 2492 gab es ja mehr als genug davon in Isenberger Stadtkirche. Marijn kaufte drei Schuss. Der erste: daneben. Der zweite: daneben. Der dritte: auch daneben. Dafür glänzte da jetzt irgendwas in dem seitlichen Gebüsch. Marijn bückte sich und fand: Ellens verschollenen Perlenohring. Na, die würde sich freuen. Das war ja schließlich ein Familienerbstück. „Lass mich dein Robin Hood sein", dachte Jürgen und warf Maja Schupp einen feurigen Blick zu. Dann spannte er den Bogen.

Nach und nach kehrten die Matadore ins Clubhaus zurück. Auf der Terrasse wurden die Ergebnisse der Scorekarten abgeglichen. „11, 9, 7, 9, ..." begann Markus. „Nein, nein nein, nein, nein", machte Henriette Plock. Nach ihrer Zählung waren das 6, 4, 5, 4. Und so ging das munter weiter. „Das unterschreibe ich nicht", sagte sie. „Mir doch egal", sagte Markus. Man einigte sich auf die Mitte. Charity eben. „Das da drüben waren früher alles Ställe ...", hörte man Johann Engel irgendwo in der Menge. „Wie ist es gelaufen?", wollte Ellen von Thomas wissen, der gerade mit einem Bier daherkam. „Ach, so lala", sagte der und winkte ab. Christoph Guldenreiter lief aufgeregt umher und erzählte jedem, der es hören wollte, er habe wahrscheinlich den Longest Drive geholt. Gerhard Plock beschwerte sich bei der Spielleitung über den Vor-Flight. Der sei unerträglich langsam gewesen, das habe ihn ganz aus dem Rhythmus gebracht. Und wo man gerade dabei sei: Der Folge-Flight habe unerträglich dicht aufgespielt. Unverantwortlich. Etwas abseits saßen Jürgen und Maja. Die klopften weiter Gemeinsamkeiten ab. Eben hatte Maja gesagt, sie liebe Mallorca. Cala Figuera. Da sei es nicht so überlaufen. Jürgen hatte sich gar nicht mehr eingekriegt. Cala Figuera? Irre. Da sei er schon gewesen, da kannte das noch kein Mensch. Bestimmt sei man sich mal über den Weg gelaufen. Bis auf die beiden vermischten sich die Lager kaum. Auf der rückwärtigen Seite der Terrasse dominierten gedeckte Töne. Durchsetzt von ein wenig Rosa und Blau. Zum Parkplatz hin wurde es immer bunter. Schreiende Farben unter einem Dach von Cappies. Zwischen den Fronten tauchte jetzt eine Person undefinierbaren Alters und Geschlechts auf. Die kämpfte zunächst einen einsamen Kampf gegen die Rückkopplungen des Mikros. Das war eigentlich noch ganz kurzweilig. Dann aber folgte ein längerer Streifen zu Orgeln, Pfeifen und Registern. Bis zur Ohnmachtsgrenze. Endlich war Preisverleihung. Die übernahmen Sven und Anna-Lena. Ein paar Nettigkeiten zur Begrüßung ... schön, dass Petrus auch mitgespielt habe ... all die vielen auswärtigen Gäste ... Platz in top Zustand ... und jetzt werde es aber so richtig spannend. Am unteren Ende der Spannungskurve lag die Nearest to the Pin-Wertung. „Der Preis dazu wird Ihnen präsentiert von Brockmann Bau!", rief Sven überschwänglich und schaute sich um, was Anna-Lena ihm anreichte. „Es ist ein Frauenbein", kommentierte er das Offensichtliche. Lautes Lachen von Rainer Ruhmbach. Jemand rief: „Besser als ein Männerbein." Aus anderer Richtung: „Kommt drauf an." Sven: „Und das, äh, Bein geht nach Hefel an Benedikt Wüst. Applaus!" Der kam unter Gejohle nach vorne. Reckte das Ding kurz in die Höhe und trat grußlos ab. Rita lachte. Markus hätte im Boden versinken mögen. „Der Longest Drive bleibt in Landsberg!", fuhr Sven fort, „Der Preis kommt von Picolo – den long distance drivern unter den E-Scootern. Herzlichen Glückwunsch unserem Christoph Guldenreiter." Erneut aufbrandender Applaus. Dass er mal dankbar sein würde für einen Freifahrtschein vom Jürgen Driewer, hätte Christoph sich auch nicht träumen lassen. Aber er freute sich tatsächlich. Immerhin in den Preisen. Minimalziel erreicht. Und weiter ging es mit den Damen. Zweite netto: Babette Wieler. Erste netto: Maja Schupp. Zweite brutto: Ellen Engel-Vermeer. Erste brutto: Sabrina Becker. Dann die Herrenwertung. Erster und Zweiter netto gingen nach Hefel. Hefel auch Zweiter brutto. Erster brutto: „Ja, da müssen wir wohl ins Stechen", arbeitete Sven weiter an seiner Spannungskurve. „Da haben wir gleichauf Benedikt Wüst und Thomas Kohler." Ein großes Hallo. Alles, was Beine hatte, schob rüber zum Kurzspielbereich. Das Stechen sollte im Putten fallen. Distanz fünf Meter. Benedikt Wüst hatte die Ehre. Las das Grün von vorne, von hinten, von den Seiten. Ging hinter dem Ball in die Hocke. Kratzte sich am Kopf. Vollführte ein paar Pendelbewegungen. Dann endlich der Putt. Mit Tempo gespielt. Brach nicht. Rollte schnurgerade seinem Ziel entgegen. Traf das Loch leicht links versetzt. Umrundete es zur Gänze. Und lippte aus. Benedikt machte ein Saure-Zitrone-Gesicht und tickte den Ball ein zur Zwei. Nun war es an Thomas. Kein großes Gewese. Kurzer Blick. Gefühlvoller Putt. Sein Ball startete oberhalb des Lochs, folgte der Ondulierung des Grüns, beschrieb eine leichte Linkskurve, brach gerade noch rechtzeitig und trudelte dem Becher entgegen. Langsamer. Noch langsamer. Blieb auf der Kante liegen. Schien es sich anders zu überlegen. Und kippte nach kurzer Verzögerung doch noch hinein. Frenetischer Jubel. Tränen. Triumphgebrüll. Alle sollten es wissen: Hefel lag im Staub. Landsberg war zurück. Projekt Zukunft. Thomas Kohler Putting-Gott.

Vox populi, vox Dei

Gänse taugen nichts. Sagt der Brennus. Heerführer gallischer Senonen. 387 vor Christus: Brennus drängt über die Alpen. Brennus ringt Rom nieder. Brennus plündert und brandschatzt. Brennus braucht nur noch die Hand auszustrecken nach dem Kapitol. Angriff im Morgengrauen. Gänse lärmen. Die ganze schöne Überraschung dahin. Brennus ist bedient.

Gänse taugen nichts. Sagt der Martin. Das ist im Jahre des Herrn 371. Bischof werden in Tours? Ohne mich! Da wird ihm übel mitgespielt. Unter falschem Vorwand lockt man ihn in die Stadt. Martin versteckt sich im Gänsestall. Ein Mordsradau. Schon hat ihn der liebestolle Mob entdeckt. Ehe er sich versieht, drückt ihm einer den Bischofshut auf. Ungefragt! Schönen Dank auch.

Gänse taugen nichts. Sagt der Luidger. Gut vierhundert Jahre nach dem Martin. Auch er Bischof wider Willen. Kaum ist er's in Münster, klagen Billerbecker Bauern: „Die Wildgänse fressen uns die Saat vom Feld." Luidger betet. Wirkt betend Wunder. Wundert betend Gänse weg. Die Ernte ist gerettet. Später soll er gar zwei von den Viechern Schnabel voran in den Boden gerammt haben. Um nach Wasser zu graben. So geht's natürlich auch.

Gänse taugen nichts. Sagt der Benedikt. Mehr als tausend Jahre nach dem Luidger. Fährt Nacht für Nacht aus dem Schlaf hoch. Ist schweißgebadet. Sieht im Traum immer wieder den einen Putt. Sieht einen winzigen Batzen Gänsekot auf dem Grün. Genug, dass der Ball seine Bahn um Millimeter verlässt. Genug, dass der Ball links versetzt auf das Loch trifft. Genug, dass der

Ball die Kante umtanzt und ausflippt. Benedikt kann nicht mehr einschlafen. Benedikt denkt an Hefeler Weihnachtsgans.

Ohne die verflixten Wildgänse wär das schon früher was geworden mit dem Golfclub auf Landsberg. Nach Kriegsende hatten die Briten immer mal wieder vorbeigeschaut bei Willibrord von Schnackenbeck-Sondheim. Von Düsseldorf nur ein Katzensprung. Ein Cousin des Grafen, Major George Barringham, war in leitender Funktion bei der britischen Zivilverwaltung. Grandpa Joseph, damals gerade mal Anfang zwanzig und noch nicht Grandpa, verdingte sich auf Landsberg als Laufbursche. Die Zukunft der Engel Werke war ungewiss. Josephs Vater Eberhard lohnendes Objekt rechtschaffener Entnazifizierung. Wer weiß, was die Engel Werke während des Krieges so alles befüllt und abgesackt hatten. Auf Landsberg war Joseph Mann für alles. Organisierte, was es zum Leben brauchte. Feuerholz. Kartoffeln. Schwarzgebrannten. Durfte auch aufwarten, wenn hoher Besuch ins Haus stand. Und höher als Major George Barringham ging es ja nun kaum. Willibrord konnte den jungen Mann gut leiden. Nannte ihn nicht Laufburschen, sondern Adjutanten. Zumindest, wenn der englische Cousin zu Besuch war. Bei einer dieser Gelegenheiten wurde die Idee vom Golfplatz aus der Taufe gehoben. Kurzweil und gepflegte Ertüchtigung für die wackeren Befreier der Rheingarnison, lockte Willibrord. Ob das denn nichts wäre? Doch, das wäre was, meinte Vetter George. Und weil sich in seinem Stab auch noch einer fand, der in seinem ersten Leben Golfarchitekt gewesen war, begann man mit der Planung. Statt Feuerholz, Kartoffeln und Schwarzgebranntem organisierte Joseph plötzlich Flurkarten, Vermessungsgerät und Lagebesprechungen. Die Idee schaffte es bis auf den Schreibtisch von Barringhams Chef, William Asbury. Der fragte zwar, ob man sonst keine Probleme hätte, stellte aber in Aussicht, die Sache bei Gelegenheit mal persönlich in Augenschein zu nehmen. Im Oktober war die Gelegenheit gekommen. Die Wildgänse auch. Unterwegs nach Süden. Die hatten sich Landsberger Auen als Sammelplatz ausgeguckt. Oder als Abort. Wie man's nimmt. „What a shithole", soll das einzige gewesen sein, das Asbury bei seinem kurzen Besuch gesagt hat. Die Pläne aber lebten fort. Joseph zeigte sie dem Vater. „Golf?", fragte Eberhard Engel und zog eine Augenbraue steil in die Höhe, „ist das nicht arg weibisch?" Andererseits brauchte man die Kontakte vom Willibrord. Die waren Gold wert. Und so war es denn abgemacht. Joseph solle das mal mit einem jungen Prokuristen in der Firma besprechen. Bernhardt Spörle heiße der. Etwa in Josephs Alter. Auch so ein Modernist. Aber bestimmt nicht auf den Kopf gefallen. Und so lernte der Joseph den Bernhardt kennen. Schon bald wurden sie sich Petz und Tilz. Kamen auch sonst gut voran. Kaum dass Nordrhein und Westfalen einig Bundesland, erfolgte der erste Spatenstich für den späteren Golfclub Gut Landsberg. Zunächst auf neun Löchern. Bernhardt wurde 1953 erster Clubmeister. Joseph folgte ihm 1954. Eberhard Engel blieb Golf zeitlebens fremd. Die Präsidentschaft reklamierte er gleichwohl für sich. Der erste Engel für Landsberg.

„Dieser ganze Engel-für-Landsberg-Sums kommt mir langsam zu den Ohren raus." Das war von erfrischender Klarheit. Und natürlich hatte Babette recht. Thomas Kohler gehörte in den Vorstand! Bei allem Respekt für Ellens Engagement und Abkunft. Landsberg war kein Erbhof. Thomas, der Mann, der dem Verein seinen Stolz zurückgegeben hatte. Der Mann, der einen Arne Kellerbach geholt hatte. Der Mann, dem ein Juri Iljewitsch keinen Wunsch abschlagen konnte. Der Chirurg, der unzählige

Landsberger Mitglieder wieder attraktiv gemacht hatte. Der Familienfreund, der Landsberg wieder attraktiv machte. Misslich nur, dass man bei Ellen im Wort stand. Da konnte sich Babette schön bedanken bei Sven, Volker und Berti: Super, Ellen. Respekt, Ellen. Alle Achtung, Ellen. Dahinter kam man jetzt nicht zurück. „Tja, das läuft auf eine Kampfabstimmung hinaus", meinte Berthold Siepenkötter, „Engel gegen Kohler. Anfang Juni auf der Mitgliederversammlung." Die anderen winkten nervös ab. Das letzte, das man jetzt brauchen könne, sei Lagerbildung. „Dann lass uns lieber den Vorstand erweitern", schlug Sven vor, „Thomas macht den Vorsitz und Ellen kriegt das Marketing." Das wiederum schmeckte Berti nicht. Den Vorsitz könne er sich auch vorstellen. Was Landsberg nötig habe, seien Erfahrung und Kontinuität. „Was Landsberg nötig hat, sind Verjüngung und frische Ideen", warf Volker ein, „Außerdem: Die Wahrheit ist auf dem Platz." Da sei es doch naheliegend, den Vorsitz ihm zu überlassen. Oder zur Abwechslung mal einer Frau, dachte Babette, sagte aber: „Dann fragen wir doch erstmal Thomas, was der von alldem hält." Darauf konnte man sich einigen. Gelegenheit dazu gäbe es am kommenden Samstag. Beim Hauskonzert mit Juri Iljewitsch. Haken dran. Nächster Punkt der Tagesordnung. Der war ein wenig delikat. Manfred Pucker hatte sich mit einem Vorvertrag zurückgemeldet, den künftigen Betrieb der Clubgastronomie betreffend. Das war mindestens einmal ambitioniert. Fragment Invest strebe an, die Qualität des Speisenangebots deutlich zu erhöhen. Für einen wirtschaftlichen Betrieb sei es erforderlich, die Gastronomie auch für Nicht-Mitglieder zu öffnen. Eine Kulturrevolution. Dafür bräuchte es ein Votum der Mitgliederversammlung. Pucker aber bestand auf Rückmeldung bis Ende der Woche. Schließlich müsse man Verhandlungen aufnehmen mit potenziellen Partnern. „Ein Ultimatum? Diese unverschämte Person!", polterte Berti, „Sag diesem Kerl, wir verhandeln nicht mit vorgehaltener Pistole. Und damit basta!" Sven musste Berti daran erinnern, dass es Wesensmerkmal vorgehaltener Pistolen sei, den Optionsraum für Basta-Positionen empfindlich einzuschränken. Alternativ ein Kompromiss: Öffnung auf Probe. Nach Möglichkeit noch im Mai. Auf dieser Grundlage könnten sich die Mitglieder selbst ein Bild machen. Und entschieden würde dann im Juni. Vox populi, vox dei. Halleluja!

Die Sache mit der Ricardo-Zetti-Leuchte hing Markus lange nach. Was für eine Pleite. Demütigend. Nicht nur Rainer Ruhmbachs blödes Lachen. Auch Ritas Vergleich mit dem Möwenfüttern hinkte. Schwupp, ist es weg. Nix da. Der letzte Gast war gegangen, da stand das blöde Ding noch immer da. Eine Lachnummer. Das Brockmann-Bein. Eine Geschmacklosigkeit. Ein Gefühl wie zu Grundschulzeiten. Wenn er bei Ellen vorbeigeschaut hatte, in dem riesigen Haus am Iselstein. Die hatte eine Atari-Konsole. Im Garten einen Swimming Pool. Im Keller die Hausbar. Da hatten sie als Kinder Cola aus 0,2er Flaschen getrunken. Als Jugendliche dann Grüne Banane und Blue Curacao. Das Paradies. Schlimm nur, wenn Ellens Eltern gerufen hatten: „Essen, Kinder!" Nicht, dass es ihm nicht geschmeckt hätte. Im Gegenteil. Alles ganz vorzüglich. Aber das Regelbuch der Engel-Familie war ihm ein einziges Mysterium. Das erste Mal an der Familientafel hatte er sich gleich über seinen Teller hergemacht. Frisch, fromm, fröhlich, frei. Heidrun Engel hatte ihn angeschaut wie einen Außerirdischen. Johann Engel hatte gefragt: „Ja, betet ihr denn nicht zu Hause bei Tisch?" Nein, taten sie nicht. Bei den Brockmanns ging es eher leger zu: Feinripp. Arm auf dem Tisch. Löffel in der Faust. Drum herum wie bei

Hempels unterm Sofa. Johann Engel jetzt: „Komm Herr Jesu, sei unser Gast und segne, was du uns bescheret hast. Amen." Auch danach alles seltsam entrückt. Gesprochen wurde wenig. Er hörte sich kauen. Die anderen offensichtlich auch. Es war schrecklich. Wie später auch die Aufnahme in Landsberg. Der Mitgliederausschuss. 3:2. Ellen: „Ihr wärt ja nicht genommen worden ..." Und jetzt das Bein. Wenn Ellen Butter war, war er Margarine. Sie Vichyssoise. Er Kartoffelsuppe. So würde es immer sein. Mit oder ohne Lottogewinn. Fragment Invest. Schlossherrenschaft. Dazu würde er sich auch noch erklären müssen. Nach der Sache mit dem Bein hatte er darauf wenig Appetit verspürt. Aber am Samstag wartete eine weitere Gelegenheit. Beim Hauskonzert mit Juri Iljewitsch. Ohnehin ein würdigerer Rahmen. „Essen ist fertig, Mayonnaisebärchen", hörte er Rita rufen. Abendfrieden über dem Hardenberghang. Markus knipste die Ricardo-Zetti-Leuchte an. Fahl leuchtete das Bein in die Dunkelheit hinaus.

Wie jeder gute Autokrat tat sich auch Eberhard Engel schwer loszulassen. Auf Landsberg nannte man ihn irgendwann nur noch Chronos oder den ewigen Präsidenten. Tatsächlich blieb er es ohne Unterbrechung von 1952 bis 1971. Dann war auch mal gut. Meinte nicht er. Meinten die anderen. Vor allem meinten das Joseph Engel und sein Buddy Bernhardt Spörle. „Was Landsberg nötig hat, ist Verjüngung", sagte der Tilz zum Petz. „Und frische Ideen", sagte der Petz zum Tilz. Und weil beide wussten, dass der Eberhard nicht freiwillig gehen würde, brauchte es Initiative. Also ging der Tilz zum Ernst August von Schnakenbeck-Sondheim. Der habe doch sicher noch allerlei Wiesen und Felder brach liegen rund um Landsberg. Ob er die nicht verpachten wolle? Und wie der wollte. Der hatte ja einen aufwändigen Lebensstil zu finanzieren. Eben hatte er neu gebaut. Den Wahnfried-Karton an der Fliehburg. Der Petz aber ging zu einem berühmten Golfarchitekten. Der habe doch sicher noch allerlei Ideen brach liegen für weitere neun Löcher auf Landsberg. Ob er nicht ins Geschäft kommen wolle? Und wie der wollte! Der träumte ja auch davon, sich einen aufwändigen Lebensstil leisten zu können. Dann gingen Petz und Tilz gemeinsam zu Eberhard Engel. Chronos. Ewigem Präsidenten. Landsberg brauche eine Erweiterung auf achtzehn Loch, sonst sei man ja gar kein richtiger Golfplatz. Das sei ihm egal, meinte der Eberhard. Landsberg sei ja auch kein richtiger Golfclub. Vielmehr Gesellschaftsverein. Darüber, so Tilz und Petz, solle man doch bitte die Mitglieder befinden lassen. Wollt ihr achtzehn Loch? Die wollten. Also gingen Tilz und Petz erneut zum Eberhard. Fragten, ob er sich das wirklich antun wolle? Platzerweiterung. All der Dreck. All der Lärm. Und er mittendrin. Dann doch vielleicht lieber Ehrenpräsident auf Lebenszeit? Damit hatten sie ihn. Zur Jahresmitte 1971 kandidierte Joseph Engel für die Nachfolge seines Vaters. Da war er längst selber eine feste Größe im gesellschaftlichen Leben der Stadt. Seit 1961 auf der Brücke der Engel Werke. Gut vernetzt. Bestens gelitten. Hatte gemeinsam mit Petz ein respektables Stück Land erworben. Dort in den Breiten Eichen. Beide hatten gebaut. Wurden Nachbarn. Sahen einer des anderen Kinder heranwachsen. Die Partys waren legendär. Da wurde gefeiert bis zum Umfallen. Einmal bei den Engels, dann wieder bei den Spörles und immer so fort. „Zwischen Skylla und Charypdis", wie die Leute sagten. Wenn so einer Präsident werden will, sind Gegenkandidaten rar. Wäre auch schön blöd gewesen. Joseph mochte nicht Chronos sein. Aber gemeinsam mit Bernhardt war er doch der eigentliche Vereinsgründer. Als Wahlgeschenk brachte er nun auch noch die zweiten Neun mit. Und das Versprechen, den legendären Jack Nicklaus für eine Schaurunde nach Landsberg zu holen. Selbst das hat der Teufelskerl hinbekommen. 1974. Da war er längst schon Präsident. Und was für einer. Der zweite Engel für Landsberg.

„Schön, Sie wiederzusehen, Herr Brockmann." Namentliche Begrüßung im Koch & Kellner. Manche hätten ihr letztes Hemd dafür gegeben. Manche hatten es. Bei den Preisen. „Ah, und auch der Herr Pucker. Willkommen, willkommen!" Markus und Manfred folgten dem Kochkellner in das warme Grau des Gastrodroms. Diesen Begriff hatte man sich im Koch & Kellner für das ausgedacht, was ob seiner schieren Wucht und Größe Gastraum zu nennen unmöglich war. An der rückwärtigen Seite einige Séparées. Die durften freilich auch nicht so heißen. Das waren nach Koch & Kellner Nomenklatur die Decks I bis V. Markus und Manfred steuerten jetzt auf Deck III zu. Mit einem Zischen verschwand die Tür in der Wand. Allein an dem Sounddesign hatten Experten Monate getüftelt. Space Age deluxe. Drinnen saß, ganz feist und Doktor Mabuse-mäßig, Sascha Koch. Besitzer des Koch & Kellner. Den gab es wirklich. Den Kellner nicht. Koch war Einzelunternehmer. Aus Überzeugung. Keine Kompromisse. „Konnichiwa, die Herren", entströmte dem massigen Körper eine erstaunlich dünne Stimme. „Guten Tag, Koch-san", gaben Markus und Manfred in korrekter Anrede zurück. Koch bestand auf japanische Etikette. Oder was er dafür hielt. Manfred hatte gut recherchiert. Schon die Menüfolge würde Auskunft geben über Koch-sans Interesse an seinen Gästen. Dem Budō entliehen, unterschied Koch-san vier Ehrengrade: Renshi ließ er à la carte auftischen. Kyōshi durften sich über das Tagesmenü freuen. Hanshi kamen in den Genuss einer handverlesenen Auswahl rohen Meeresgetiers. Unmöglich zu sagen, was Koch-san einem Meijin vorgesetzt hätte. Nach eigenen strengen Qualitätsmaßstäben war er nie einem begegnet. Durch eine Tapetentür betrat jetzt ein augenscheinlich japanischer Kochkellner Deck III. „Ah, Meister Sakimoto", frohlockte der Gastgeber, „ich hoffe, die Herren mögen Fisch." Nicht schlecht. Also Hanshi. „Danke für die Einladung, Koch-san", fuhr Markus fort mit den Nettigkeiten: Er zog ein schmuckes Holzkästchen hervor. „Erlauben Sie mir, mich erkenntlich zu erweisen. Ein 1994er Yamabuki, Kōshū. Kanpai!" Unter langgezogenen Ohs und Ahs nahm Koch-san die Pretiose entgegen. Dann ging es los mit der Miso-Suppe. Man kam zum Geschäftlichen. „Koch & Kellner ist nicht käuflich", dünnsäuselte Koch. „Natürlich nicht", versetzte Manfred, „Koch & Kellner ist Kunst." Markus nickte bedeutungsschwer. „Aber bedenken Sie: Selbst die altehrwürdige Tate Gallery ist längst ein Quartett. Tate Britain, Tate Liverpool, Tate St. Ives und Tate Modern." Koch-san kicherte ein silberhelles Lachen. Langnase. Die Vier war eine Unglückszahl. Meister Sakimoto vollführte irrwitzige Verrenkungen an seinem Yanagiba-Messer. Das Omakase-Menü nahm Fahrt auf. Botan-Garnele. Rosa Zwerggarnele. Graue Garnele. Eine Hokkaido-Garnele verschwand eben in Kochs Rachen. Er kaute lang und bedächtig. Die Augen geschlossen. Wenn er sie wieder öffnete und zu reden ansetzte, gab das seinem Auftritt etwas ungemein dramatisches. Auch wenn nur Dampfgeplauder folgte. Wie auch jetzt. Behutsam nahm Koch seine Essstäbchen auf, ein jedes in eine Hand, betrachtete sie nachdenklich und führte sie mit ausladender Bewegung vor sein Gesicht. Nein, er presste sie förmlich ineinander. Bis seine Fingerknöchel ganz weiß wurden. Dann sagte er „Ich bin ichi. Eins. Einzeln. Einzigartig. Verstehen Sie?" Dann nach einer

Kunstpause in die Stille hinein: „Ich bin eine Monade." Meister Sakimoto schnippelte. Markus nickte. „Ich weiss genau, was Sie meinen, Koch-san", sagte er. „Doch auch Yin und Yang sind ursprünglich eins. Das Verborgene und das Offene. Leben und Tod. Das Jenseitige wandelt das Yang und führt es zum Yin zurück. Das Diesseitige wandelt das Yin und lässt es als Yang erscheinen." Jetzt war es an Koch-san zu nicken. Lang und bedächtig. Die Augen geschlossen. Was sollte er auch sagen darauf? Also erstmal Schneekrabbe. Oktopus. Jakobsmuschel. Dreierlei Muscheln. Dann leise, hauchend, unterlegt von einer leichten Fischfahne: „Yin und Yang. Sie haben schon recht. Aber das Koch & Kellner zu übertragen auf Landsberg, das wäre doch allenfalls ein gedoppeltes Yang. Vielleicht sogar ein gespiegeltes Yin." Manfred hob abwehrend die Hände. Solcherlei dürfe nicht einmal laut gedacht werden. Das letzte, was man wolle, sei ein Abriss kosmischer Energien, Dissonanz in der ewigen Ordnung der Dinge. Nein, das Koch & Kellner auf Landsberg zu bringen, das verbiete sich ja wohl von selbst. Auf Koch-sans Wangen zeigte sich eine leichte Schamröte. Er schloss die Augen, verbarg beide Daumen in den Fäusten und flüsterte kaum hörbar vor sich hin „Monade, Monade, Monade, Monade, …" Meister Sakimoto legte ungerührt nach. Abalone-Schnecken. Seeigel. Fetter Lachs und Lachseier. Zweierlei Thunfisch. „Es sei denn …", nahm Markus den Faden wieder auf, „es sei denn, Sie denken nicht im Traum an ein Koch & Kellner II auf Landsberg. Sie stellen Koch & Kellner etwas ganz und gar Neues zur Seite. Etwas, das es ergänzt. Komplettiert. Vervollkommnet. Das Küche & Keller." Das war es. Das war genial! Monade, Monade, Monade, Monade. Hier wie da. Eins. Einzeln. Einzigartig. Keine Doppelung. Auch nicht Gegensätzlichkeit. Vielmehr ein In-Verbindung-treten der Extreme. Das Eine im Ganzen und das Ganze im Einen. Sascha Koch hatte seinen Meijin gefunden. Markus Brockmann. Zehnter Dan. Das Küche & Keller. Das Yang zurück im Yin. Göttliche Monade. Koch-san stand auf. Wälzte um den Tisch. Schloss Markus in die Arme und küsste ihn auf beide Wangen. Meister Sakimoto läutete zum großen Finale. Makrele. Hering. Tamago. Shirako.

Jürgen Driewer fand keine Zeit mehr zum Golfen. Der Börsengang rückte näher. Picolo ging auf die Zielgerade. Die Long Distance Driver unter den E-Scootern brauchten jetzt seine ganze Aufmerksamkeit. In den vergangenen Wochen hatte er Christoph Guldenreiter mehrmals rollern sehen. Der löste wohl seinen Gutschein ein. Klasse Werbung. Nicht eben ein Influencer, der Christoph. Aber als Best Ager nicht ohne Reiz. Guter Markenbotschafter, um in neue Segmente vorzustoßen. Jürgens Kernzielgruppe lag in der Altersklasse 18 bis 25. Golfende Autohausbesitzer waren da eher die Ausnahme. Jürgen hatte Christoph gleich angerufen und ihn nach seiner User Experience befragt. „Hi, Chris. Wo erwisch ich dich grad? ... Im Krankenhaus? Nicht gut ... Nicht gut. Oh, oh, oh ... Nur geprellt oder ...? Oh, oh, oh. Du, ich komm die Tage mal vorbei, dich besuchen ... Klar ... natürlich ... Du brauchst Ruhe, logisch. ... Klar, gutes Heilfleisch. Hahaha. ... Ja dann, halt die Ohren steif. Ciaoi." Tja, so was kommt von so was. Er sagte seinen Kunden immer wieder, sie sollten sich nicht überschätzen. Gerade als Roller-Novizen. Christoph war mit hohem Tempo an einer Bordsteinkante hängengeblieben. Auf der Schulter gelandet. Glatter Bruch. Der Scooter war auch hin. So was passierte. Toi, toi, toi. Das jetzt bloß nicht als schlechtes Omen nehmen. Alle Marktumfragen bescheinigten Picolo tolle Sympathiewerte. Exzellente Wachstumschancen. In Kürze würde die neue Kampagne anlaufen.

Long may you run. Da kooperierte Jürgen mit so einem Hersteller von Energy Brausen. Außerdem arbeitete er an einem Konzept für Picolo-Coffee-to-go. Umsichtige Markenerweiterung nannte Jürgen das. Als Rainer Ruhmbach und Sabrina Becker noch von ihrem Golfimperium geträumt hatten, hatte sich Jürgen auch als Betreiber einer möglichen Golf Cart Flotte ins Spiel gebracht. Nicht schlecht, wenn man das mal groß dachte. Aber nun erstmal vom Tisch. Geschäftlich gesehen war das Kapitel Hefel ein Rohrkrepierer. Als Stachel in Landsberger Fleisch hatte es auch nicht getaugt. Aber sei's drum. Ohne Hefel keine Maja. Und seit dem Angolfen hatten sich die Dinge gut entwickelt für die beiden. Gelinde gesagt. Maja und Jürgen waren verrückt nach einander. Außerdem machte Maja eine gute Figur in Fotoshootings und Videodrehs zu Long may you run. Das würde ein Knaller werden. Und täglich entdeckten sie weitere Gemeinsamkeiten. Nicht nur Cala Figuera und ökologisches Bewusstsein: Mochten beide Ed Sheeran, California Rolls und *How I met your mother*. Fanden Kim Kardashian überbewertet und das Potenzial von Online-Petitionen unterschätzt. Das wurde langsam richtig unheimlich. Als Jürgen Maja gefragt hatte, ob er für den IPO auf den Rechtsbeistand von Gerhard Plock setzen solle, hatte die nur gesagt: „Echt jetzt, der Vollpfosten?" Seither war Jürgen nicht mehr ans Telefon gegangen, wenn er Plocks Nummer im Display sah. Erst heute wieder vier Anrufe auf der Mailbox. Rückruf? Keine Chance. Maja hatte gesprochen.

Der Samstag kam. Hauskonzert mit Juri Iljewitsch. Der Steinway Flügel war schon am Donnerstag geliefert worden. Der musste sich noch akklimatisieren. Klar, an ein Barpiano hätte man den Meister nicht setzen wollen. Auch nicht können. Iljewitsch verzichtete vielleicht auf seine Gage. Nicht aber auf sein bevorzugtes Spielgerät. Am Nachmittag machte sich der Klavierstimmer an dem Instrument zu schaffen. Günstiger wäre Grandpa Joseph gewesen. Der hatte nach eigenem Bekunden ja auch das absolute Gehör. Aber auf solcherlei war kein Verlass. Beate Servering überwachte die Umbauten. Tische mussten raus aus dem apricotfarbenen Gastraum. Stühle rein. Lichtakzente setzen, des passenden Ambientes wegen. Die Spannung wuchs. Nach allem, was man von Iljewitsch wusste, hatte der so seine Schrullen. Es gab sogar eine regelrechte Gebrauchsanleitung zum Umgang mit dem Meister. Wasser immer ohne Kohlensäure. Zimmertemperatur. Aromatisiert mit Zitrone und Salbei. So weit, so gut. Das kriegte man mit Hausmitteln hin. Dann aber das: Iljewitschs Klavierstuhl musste aus unlackiertem Holz gefertigt sein. Die Lehne um exakt sieben Grad geneigt. Keine Metallteile. Keine Polsterung. Den musste man extra anfertigen lassen. Weiter ging es mit dem Ruheraum. Kein Blumenschmuck. Dafür Ikonenmalerei. Mindestens fünf Tafeln, auf jeden Fall aber in ungerader Zahl. Petersburger Hängung im Rücken des Garderobentisches. Der sei mit drei Spiegeln auszustatten. Und vor allem: keine Stufen! Die scheue der hochbetagte Hochbegabte wie das Braupferd den Oxer. Nichts zu machen. Während der Vorstellung: keine Mobiltelefone. Die waren am Eingang abzugeben. Iljewitsch reagiere sensibel auf jegliche Strahlung. Beate Severing hatte sich vorgenommen, das mal auszuprobieren. Während des Konzerts würde sie die Mikrowelle hochdrehen. Mal sehen, was passierte. In Empfang genommen und angesprochen werden durfte der geniale Virtuose nur von einer einzigen Kontaktperson. Die hatte sich dann für den gesamten weiteren Verlauf des Abends bereitzuhalten. Zu reden sei nur das Nötigste und wenn, dann im Flüsterton.

Maximal 30 Dezibel. Ja, wie sollte man das denn nachhalten? Ansonsten: keine Mitschnitte. Keine Fotos. Keine Zwischenrufe. Keine Autogramme. Vielleicht hätte man sich doch besser Robbie Williams holen sollen, dachte Anna-Lena Posch. Aber der hatte sich wohl nicht beim Thomas Kohler behandeln lassen. Da durfte man jetzt nicht wählerisch sein. Zumindest war die Bude endlich mal wieder rappelvoll. Und dass es keine Küche gab, würde nicht weiter auffallen. Schon erwachte die Terrasse zum Leben. Frau Severing und drei Hilfskräfte besorgten den Getränkeausschank. Um 18.30 Uhr musste die Beate mal kurz rüber zum Lager hinter dem Clubsekretariat. Auf dem Parkplatz rollte gerade eine dunkele Limousine vor. Thomas Kohler hielt sich etwas abseits zur Begrüßung bereit. Er machte die Kontaktperson. Natürlich. Der Fahrer stieg aus, umrundete den Wagen und öffnete beflissen den Fonds. Ein wackeliges Bein wurde sichtbar. Was dann geschah, war reine Reflexhandlung. Beate Severing kam herbeigestürzt, um dem Greis Arm und Stütze anzubieten. Der flüsterte ein kaum hörbares „Spasibo". Thomas Kohler trat hinzu. Doch da war es schon zu spät. Der wurde nur barsch weggewedelt. Die Sache mit der einen Kontaktperson schien Iljewitsch ernst zu sein. Das war jetzt Beate Severing. Die dackelte also mit dem Meister davon in Richtung Haupthaus. Eine saubere Arbeit, dachte Thomas, als er den beiden hinterherschaute. Er meinte nicht Beate Serverings Geleit. Vielmehr Juri Iljewitschs straffe Gesichtshaut. Sein Werk. Zurück auf der Terrasse wurde er von Sven, Babette und Ellen abgefangen. Ob man denn richtig gesehen habe? Der Meister eingehakt bei der Severing. Grußlos an ihnen vorbei in Richtung Garderobe. Das sei ja schon ein starkes Stück. Und wer mache jetzt den Service? Das wusste Thomas freilich auch nicht zu sagen. Nur, dass man richtig gesehen habe. Apropos gesehen: Ob ihnen das makellose Antlitz des Meisters aufgefallen sei? Ja, ganz famos. Glatt wie eine Billardkugel. Blieb nur zu hoffen, dass der weitere Verlauf des Abends ebenso glatt ging. Die Severing würde man sich später vorknöpfen. In einer knappen Stunde ging es los. „Ich übernehme die Honneurs. Sage ein paar Takte zu Iljewitsch", wandte sich Sven an Thomas, „und dann würde ich gerne eine Ankündigung machen." Ein sanftes Lächeln auf Babettes Gesicht. Fragezeichen in Thomas Augen. Ellen unruhig. „Wir haben lange hin und her überlegt. Naja, eigentlich sind wir uns schnell einig gewesen. Kurzum, Thomas, wir würden dich gerne im Vorstand sehen. Vielleicht auch in meiner Nachfolge." Erwartungsvolle Blicke. Thomas sichtlich perplex. Kompetenzteam und Landsberg 2.0. Arne Kellerbach und Juri Iljewitsch. Lange hatte es gedauert, die Grundlagen für die Präsidentschaft auf Landsberg zu legen. Und jetzt das. „Euer Vertrauen ehrt mich. Sogar ganz außerordentlich. Vielen herzlichen Dank", erwiderte er gerührt. „Gleichwohl muss ich leider ablehnen." Es dauerte etwas, bis das bei Sven eingesickert war. „Oh", sagte der nur. „Tut mir leid, Sven", sagte Thomas. Die viele Arbeit. Und dann habe er kürzlich erst die Präsidentschaft bei seinen Rotariern übernommen. Eine weitere Verpflichtung sei zeitlich nicht drin. Da würde er weder dem einen noch dem anderen gerecht. „Sehr schade", sagte Babette. „Ja", sagte Thomas. „Aber die Ellen macht das sicher genauso gut." Elegant. Damit hatte er gleich auch noch dem Marijn zurückgezahlt. Schließlich hatte der ihm bei den Rotariern den Vortritt gelassen. Eine Hand wäscht die andere. „Klar. Wenn ihr das so wollt, halt ich hier gerne die Stellung", sagte Ellen und dachte: Immer ist es so im Leben. Erstens kommt es anders und zweitens als man denkt.

Beate Severing kam jetzt aus dem Refugium des Meisters zurück. „Juri steht heute nicht der Sinn nach Zitrone-Salbei-Wasser. Er hätte gerne Champagner", sagte sie und verschwand ohne eine Antwort abzuwarten in Richtung Bar. Juri? War man jetzt schon per du? Dazu passend kam die Severing mit Champagner und gleich zwei Gläsern zurück. Naja, vielleicht besser, als wenn der olle Saufkopf die allein getrunken hätte. Man wollte doch hoffen, dass der gleich noch die Tasten treffen würde. Nach all dem Aufwand mit dem Flügel. Dem Stimmen. Dem Klavierstuhl. Der Garderobe. Die Hilfskräfte liefen jetzt auch schon herum und sammelten Handys ein. Wenn die nur mal kein Chaos anrichten würden mit den Pfandmarken, dachte Sven. Das hätte gerade noch gefehlt. Drinnen sah man Beate Severing derweil in der Küche verschwinden. Wollte die jetzt auch noch Brote schmieren? Bevor man der Sache auf den Grund gehen konnte, gesellten sich Markus und Rita zu dem kleinen Grüppchen. „Sehe ich betretene Gesichter?", fragte Rita unbekümmert. „Wir haben gehört, dass Iljewitsch heute Stockhausen im Programm hat", versuchte Ellen die Situation zu retten. Das stimmte. Klavierstück X. Harter Tobak. „Wir würden den Abend gern für eine kurze Ankündigung nutzen", sagte Markus, „keine große Sache". Worum es denn ginge, erkundigte sich Sven. „Wir haben Landsberg gekauft", sagte Rita. „Da schau an", entfuhr es Thomas. „Ihr habt was?", entfuhr es Babette. „Und Fragment Invest?", entfuhr es Sven. „Gehört zur Brockmann Gruppe", lächelte Markus und erhob sein Glas. „Auf das, was vor uns liegt!"

„Ich blicke zurück auf acht erfüllte Jahre", sagte Joseph Engel und erhob sein Glas. „Es waren gute Jahre für den Verein." Und gute Jahre würden folgen. Da sei er gewiss, weil er seine Nachfolge in besten Händen wisse. „Trinken Sie mit mir auf das, was vor uns liegt. Unseren neuen Präsidenten. Auf meinen Nachfolger und guten Freund Bernhardt Spörle!" Das war im Sommer 1979. Da war Joseph gerade mal 53 Jahre alt. Sein Sohn Johann 27. Zu jung, um dem Vater schon als Präsident auf Landsberg nachzufolgen. Bis es soweit wäre, wollte Joseph nicht warten. Wenn er sich eines geschworen hatte, dann nicht als weiterer ewiger Präsident in die Clubgeschichte einzugehen. Er konnte loslassen. Hatte auch genug zu tun damit, die internationale Expansion der Engel Werke voranzutreiben. Und mit dem Petz hatte er den idealen Kandidaten in die Nachfolge gehievt. Das war fast so, als bliebe er selbst im Amt. Kurzer Draht zum Präsidenten. Den hatte der Bernhardt in den zurückliegenden Jahren auch gehabt. Eigentlich hatten sie den Verein immer gemeinsam geführt. Einer im Vordergrund. Einer im Hintergrund. So würde das weitergehen. Nur eben mit getauschten Rollen. Natürlich sollte dann auch der Johann irgendwann mal Präsident werden. Aber dazu musste der noch reifen. Der hatte ja gerade erst sein Maschinenbaustudium abgeschlossen. War ganz frisch ins Unternehmen eingestiegen. Hatte in seinem Leben noch nichts geleistet. Eigentlich eine rechte Nulpe, fand Joseph. Da fehlte es gehörig an Entschlossenheit. Eine Anekdote kam ihm in den Sinn. Die hatte ihm der Willibrord von Schnakenbeck vor Jahren erzählt. Dessen Vater, also der Wilhelm August, habe seinen Vater, also den Wilhelm, einmal gefragt, ob es nicht sein könne, dass die Leute des Kämpfens irgendwann überdrüssig würden. Da habe es aber ein Donnerwetter gegeben. Das habe der liebe Vater bis zu seinem Lebensende nicht vergessen. Wer solches sage, hatte der Wilhelm ausgerufen, der spiele entweder mit gezinkten Karten. Oder er sei ganz einfach ein Idiot! Das war ein Gespräch, wie es sich so auch zwischen Joseph Engel und seinem Sohn hätte abspielen können. Eines war mal klar: Der Johann spielte nicht mit gezinkten Karten. Der war ein Idiot. Pferdenarr obendrein. Mehr Stallknecht als Herrenreiter. Da würde man dran arbeiten müssen. Gut zwanzig Jahre später, als Johann tatsächlich Präsident wurde auf Landsberg, hatte die ganze schöne Erziehungsarbeit trotzdem nicht gefruchtet. Der Herr Sohn träumte von so einer Art Pferdepension. Golf & Country Club nannte er das. Als Vater konnte Joseph schlecht querschießen. Nicht, dass Tilz Skrupel gehabt hätte. Wie heißt es so schön: viel Feind, viel Ehr. Aber wie hätte das ausgesehen, dem eigenen Sohn die Beine wegzuziehen? Das überließ er lieber dem Petz. Der konnte so was gut. War ja mittlerweile auch Rüstungsunternehmer. Ein rechtes Meisterstück hatte der zuwege gebracht. Das Wolkenkuckucksheim vom Landressort buchstäblich auf den letzten Metern pulverisiert. Über ein Jahr hatte Johann in die Planungen investiert. Ein weiteres Jahr Stimmen gesammelt. Am Ende zeichnete sich eine hauchdünne Mehrheit ab für das Projekt. Johann hatte seinem Vater voller Stolz von den Fortschritten berichtet. Tilz hatte Petz voller Widerwillen von den Fortschritten berichtet. Ob das denn wirklich sicher sei, wollte der wissen. Der Tilz hatte nur geantwortet: „Doch weil das Los der Menschen niemals sicher, lasst uns bedacht sein auf den schlimmsten Fall." Da hatte der Petz gleich gewusst, was zu tun war. „Weißt du noch, Tilz, was die Tommys gemacht haben, damals nach dem Krieg? Als zu befürchten stand, die Kommunisten würden zu stark an Rhein und der Ruhr?" Klar wusste Tilz das. Die hatten die roten Industriearbeiter kurzerhand aufgewogen mit konservativen westfälischen Bauern. Nur einen Bindestrich hatte es gebraucht dafür. Fertig war Nordrhein-Westfalen. Genauso müsste man jetzt auch verfahren. Und so geschah es. Petz stand in Landsberg dem Aufnahmekomitee vor. Die jährlichen Eintritte konnte man an einer Hand abzählen. In diesem Frühjahr aber öffnete Petz die Schleusen. Allzu wählerisch war man nicht. Nur Pferdefreund durfte man als potenzielles Neumitglied nicht sein. „Bedenken Sie: der Dreck. Das Ungeziefer. Und was das alles kostet!" Bei der nächsten Mitgliederversammlung erlitt Johann ordentlich Schiffbruch. Ging unter mit Pauken und Trompeten. Ausgeträumt der Traum vom Golf & Country Club. Als Präsident war er glücklos geblieben: der dritte Engel für Landsberg.

Um 19.30 Uhr trat Sven auf die improvisierte Bühne des zur Konzerthalle umgebauten Gastraums von Gut Landsberg. „Meine sehr geehrten Damen und Herren, liebe Musikfreunde, es ist mir eine besondere Ehre und eine persönliche Freude, Ihnen einen der virtuosesten Pianisten unserer Zeit ankündigen zu dürfen. Hier bei uns auf Landsberg zu Gast, einer der ganz, ganz Großen auf den internationalen Konzertbühnen, eine lebende Legende. Bitte begrüßen Sie mit mir den einzigartigen Juri Iljewitsch." Applaus brandete auf. Aber auf die Bühne trat nicht Juri Iljewitsch, sondern eine sichtlich angeheiterte Beate Severing. Und jetzt setzte sie auch noch an zu reden. „Ja, lieber Herr Gräther, meine sehr geehrten Gäste, also, der Juri hat mich gebeten, Ihnen noch ein paar Worte mitzugeben zu dem folgenden Programm." Das gehörte jetzt wohl zu ihren neuen Aufgaben als zentrale Kontaktperson. „Wie Sie vielleicht gehört haben, verwöhnt uns Juri Iljewitsch heute mit dem Klavierstück X von Karlheinz Stockhausen. Formaler Ausgangspunkt für dieses Schlüsselwerk der seriellen Musik ist die Zahlenreihe 7 1 3 2 5 6 4. Diese Reihe, äh, repräsentiert ein Pendeln, bei dem nach dem maximalen Ausschlag über alternierend sich verringernde Schwankungen die Mitte erreicht wird." Gut hundert Augenpaare waren auf Beate Severing gerichtet. Fragend. Was sollte das? Was redete die da? „Stockhausen unterzieht die Reihe zahlreichen Transformationen", fuhr die Severing fort, „wie Rotation, Inversion oder Permutation. All das geschieht in sieben Abschnitten, denen ein massiver Anfangskomplex vorangestellt ist. In nuce erleben wir hier bereits die Formentwicklung der folgenden Phasen. Und jetzt: Viel Vergnügen mit Juri Iljewitsch!" Wieder Applaus. Diesmal etwas zögerlich. Aber was war das? Juri Iljewitsch trat ins Licht und warf der Severing Kusshände zu. Dann richtete er sich ein am Flügel. Prüfte mit durchgestrecktem Rücken den korrekten Neigungswinkel der Stuhllehne und nickte zustimmend. Es folgten einige endlose Sekunden konzentrierter Spannung. Vor allem aber folgte die nächste Überraschung. Beate Severing verschwand nicht etwa von der Bühne. Vielmehr zog sie sich einen Stuhl heran und bezog Position gleich hinter dem Meister. Offenkundig bereit, als Notenwenderin zu assistieren. Ja, konnte die das denn? Jetzt hob Iljewitsch die Hände an geschmeidig baumelnden Gelenken, legte die Finger zärtlich auf die Tasten und tupfte eine erste muntere Terz, gefolgt von einer quecksilbrig mäandernden Sequenz chromatischer Läufe. Dann setzten unvermittelt Lärmattacken ein. Kurz vor Minute 01:30 der erste Auftritt von Beate Severing. Die schnellte hoch wie eine Feder, griff in schlafwandlerischer Sicherheit nach der rechten Partiturseite und riss sie mit präziser Bewegung herum. Juri Iljewitsch schien mit jeder Sekunde entschlossener, Raum und Zeit und alles und jeden darin in einem brachialen Fortissimo zu verschlingen. Ein Pandämonium sich ausdehnender und wieder kollabierender Clusterkaskaden. Seite um Seite. Iljewitsch hämmerte. Severing riss. Es war furchterregend. Und es war lang. Furchterregend lang. Ein Anflug von Panik erfasste das Auditorium. Schwappte von Reihe zu Reihe. Brach sich an Decke und Wänden. Hüllte alles in nasskalte

Schleier chromatischen Lärms und tödlicher Stille. Was, wenn das nun immer so weiter gehen, wenn es niemals mehr enden würde? Tat es aber. Nach nicht ganz fünfundzwanzig Minuten verhallte der letzte Ton in beunruhigendem Schweigen. Juri Iljewitsch erhob sich, drückte seiner Assistentin voller Wohlwollen die Hand und verschwand ohne sich noch einmal umzudrehen von der Bühne. Beate Severing klaubte die Noten auf und tat es ihm gleich. Gemurmel setzte ein. Sven konnte einem leid tun, als er sichtlich verstört auf die Bühne trat. „Also nun, interessant, allemal", versuchte er sich zu sammeln, „Vielleicht nicht was für jeden Tag, aber doch, ja, ein Erlebnis." Aus dem Publikum ein Zuruf: „Unmöglich war das! Eine Zumutung." Das war Ellen. Die stand auf, ging nach vorne zu Sven und sagte, halb zu ihm, halb zum Publikum. „Lieber Sven, wir danken dir und wir danken dem gesamten Vorstand, dass ihr uns einen unvergesslichen Abend bereiten wolltet. Und das ist euch am Ende ja auch gelungen." Erstes gelöstes Lachen. „Schade nur, dass wir Juri Iljewitsch nicht mehr selbst befragen können, aber Beate Severing wird uns das, was eben passiert ist, sicher erklären." Albernes Gibbeln. „Auf jeden Fall: Babette, Volker, Hermann, Sven: Ihr seid ein tolles Team. Danke euch!" Aufbrausender Applaus. Tiefe Dankbarkeit, dass Ellen die peinliche Situation mit wenigen Worten weggelobt hatte. Lachend erwiderte Sven ihr Wohlwollen. „Liebe Ellen, eines ist mal klar: Du gehörst in den Vorstand! Und wenn wir dich da rein schleifen müssen." Jetzt tobte der Saal. Ellen spielte Empörung. Schaute genant zur Seite. Winkte bescheiden ab. Dann rief sie in den abebbenden Jubel: „Viel wichtiger für die Zukunft von Landsberg ist, dass wir endlich wieder verlässliche Eigentümer und eine faire Pachtvereinbarung bekommen. Markus, Rita: Wollt ihr dazu vielleicht etwas sagen …?"

Landsberg 2.0

Die Tage von Beate Severing auf Landsberg waren gezählt. Nach fünfzehn Jahren. Einfach so gekündigt. Also, nicht Landsberg ihr. Umgekehrt wird ein Schuh draus. Das muss man sich mal vorstellen! Hat von heute auf morgen den Bettel hingeschmissen. Ließ wissen, man werde fortan getrennte Wege gehen. Der Juri habe ihr angeboten, für ihn zu arbeiten. Na, da habe sie doch gesagt „Von Herzen gern, lieber Juri". Schließlich habe sie mal Musikwissenschaften studiert. Wer hätte das gedacht? Die Severing? Der gute Geist von Landsberg. Das Gesicht hinter der Theke. Seit Manfreds Weggang auch Prinzessin Ohnekoch. Aber Musikwissenschaftlerin? Du kannst den Leuten nur vor den Kopf gucken. Immerhin traf der Weggang der Severing Landsberg nicht allzu hart. Wie gut, dass man für Mai und Juni die probeweise Öffnung der Gastronomie vereinbart hatte. Als Markus Brockmann das neue Betreibermodell vorstellte, war das nicht weniger als eine Sensation. Die Lokalpresse überschlug sich geradezu. Sascha Koch. Rätselhafter Gastro-Guru. Küche & Keller auf Landsberg. Offen für jedermann. Hatte man Worte? Vom ersten Tag an war man ausgebucht. Mit dem Restaurantbetrieb zog ein frischer Trupp emsiger Küchen- und Servicekräfte ein. Die verstanden ihr Handwerk. Da gab es gar nichts zu bemängeln. Und dann das Essen! Zum Niederknien. Bodenständiger als im Koch & Kellner. Und doch voller Raffinesse. Bald war der Andrang so groß, dass man Mitgliedern bei der Reservierung strikten Vorrang geben musste. Zeter und Mordio geschrien hätten die sonst. Auswärtige kamen nur noch im Losverfahren zum Zuge. Und so zogen auch die Neuanmeldungen weiter an. Sehr zum Leidwesen Hefels. Zum ersten Mal seit Jahren schrumpften die. Rainer Ruhmbach schäumte.

Auch die Tage von Gerhard Plock waren gezählt auf Landsberg. Und bei Rupf, Armbruster & Furtenbach. Jürgen Driewer hatte ihm mit seiner Absage endgültig den Stecker gezogen. Der Jürgen machte jetzt gemeinsame Sache mit Pucker und Brockmann. Fragment Invest war bei Picolo eingestiegen. Kümmerte sich um den Aufbau der Coffee-to-go-Shops. Plock hoffte inständig, die würden das in den Sand setzen. Auf Landsberg war er ziemlich alleine mit diesem Wunsch. Erfolg hatte einsam gemacht. Der Neid. Die Schadenfreude. Dann lieber Hefel. War ohnehin besser in Schuss der Platz. Sagte Henriette. Und Zeit zum Golfen hatten sie jetzt reichlich. Erst recht, seit der Yannick ständig bei den Kannegießers rumhing. Angeblich arbeitete der an einem Businessplan zur Produktion von medizinischem Cannabis. Verräterische Brut. Aber der würde noch sehen, was er davon hatte. Was die Pflegequalität von Grüns und Fairways im Direktvergleich Hefel und Landsberg anbelangte, war Henriettes Urteil etwas vorschnell gewesen. Bis Ende Mai hatte Brockmann Bau die Arbeiten an der Platzdrainage abgeschlossen. Sogar Dach und Dämmung hatte Markus als neuer Eigentümer in Angriff genommen. Die Berechnung des U-Wertes überließ er diesmal einem, der was davon verstand. Die ganze Haustechnik plötzlich vom Feinsten. Renovierungsstau aufgelöst. Selbst die beiden Takeuchi verschwanden endgültig vom Landsberger Antlitz. Mancher mochte sie fast schon vermisst haben. Man hatte sich so an den Anblick gewöhnt. Obendrein fand Jakub Adamicz Mittel und Wege, das Problem mit den lästigen Würmern ökologisch einwandfrei zu lösen. Bei seinen Recherchen war er auf eine bahnbrechende Studie gestoßen: Methoden zur Reduzierung der oberflächlichen Regenwurmaktivität auf Intensivrasenflächen. Was immer Jakub da für Tricks und Kniffe gefunden haben mag, es schaffte wirksam Abhilfe.

Erstmals in seiner Geschichte war der Platz entwässert und wurmfrei. In der Zukunft angekommen. Ein gutes Stück Landsberg 2.0

Christoph und Thomas zogen über makellose Grüns. Mitgliederwachstum und Arbeitgeberattraktivität. Beide nun eigentlich arbeitslos im Kompetenzteam. Die Stimmung war trotzdem gut. Samstag Morgen. Loch Vierzehn. Bislang ordentlich gegolft. Zumindest Thomas. Christoph lief nur mit. Der kurierte seinen Schulterbruch aus. Eben hatte Thomas aus kurzer Distanz gepatzt. „Du bist kein bisschen enttäuscht?", hakte Christoph nach. Das bezog sich nicht auf den verschobenen Putt. Gemeint war Thomas' Rückzug vom möglichen Vorstandsamt. „Ich kann warten", sagte der. Und außerdem hätten die zurückliegenden Monate doch wohl eines gezeigt. Christoph guckte fragend. „Stell dich niemals zwischen Ellen und ihr Ziel!" Das war nicht von der Hand zu weisen. Christoph nickte, derweil sich der Freund auf den nächsten Abschlag vorbereitete. Das alte Zitate-Spiel. „Tolkien. Herr der Ringe", tippte er. „Komm nicht zwischen den Nazgûl und seine Beute." Der Abschlag saß. Satter Treffer. Hoher Flug. Leichter Draw. Der Arne Kellerbach war wirklich jeden Cent wert. „Nicht schlecht, alter Freund, aber diesmal knapp daneben", lachte Thomas. „Shakespeare. King Lear: Tritt zwischen den Drachen nicht und seinen Grimm." Bis zum Ende der Bahn verhandelten sie, ob Ellen nun eher Ringgeist oder Drache sei. Oder Schnappschildkröte? Da war Thomas' Ball gerade im Uferschilf des kleinen Weihers zwischen Elf und Sechzehn gelandet. Er getraute sich nicht, ihn mit bloßen Händen herauszuziehen. War doch nicht lebensmüde. Das Ellen-Thema jedenfalls war ihm danach ordentlich verleidet. Also wandte man sich Rita und Markus zu. „Baby und Bärchen", witzelte Christoph. Die gaben auch Rätsel auf. Als Ellen die beiden an dem denkwürdigen Abend mit Juri Iljewitsch auf die Bühne geholt hatte, war sein erster Gedanke: Warum ausgerechnet Rita und Markus? Sein zweiter: schlechter Zeitpunkt. Wen interessierte nach dem Inferno, was Rita und Markus über Pachtverträge dachten? Pustekuchen. Das entpuppte sich am Ende ja doch als eine ganz unglaubliche Geschichte. Der Erwerb von Landsberg sei eine reine Herzensangelegenheit gewesen, hatten Rita und Markus gesagt. Ganz und gar unvernünftig, schließlich habe man sich finanziell mit Brockmann Bau in einer schwierigen Umbruchphase befunden, hatte Rita gesagt. Ja, und die Übernahme der ganzen Verpflichtungen, Werterhalt der Immobilie, Zukunftssicherung für Landsberg, hatte Markus gesagt. Aber dann, Ende gut, alles gut, sei Fragment Invest eben richtig durchgestartet. Und der Rest sei ja bekannt. Das war ein solcher Knaller, da hatten die meisten Klavierstück X fast schon wieder vergessen. Trotzdem blieb es eine dubiose Geschichte. Markus war unbestritten ein netter Kerl. Gewiss. Aber Unternehmer des Jahres hätte man dem nicht zugetraut. Nach der Sache mit dem Brockmann-Bein schon gar nicht mehr. Das war seit dem Angolfen zugunsten der Stiftung Orgelklang fast schon ein geflügeltes Wort auf Landsberg. Genauso wie Markusleuchten, wegen der roten Birne, die er bei dem Zwischenruf vom Ruhmbach bekommen hatte. Egal. Darüber lachte jetzt keiner mehr. Alles gut. Auch für Ellen. Die hatte die beiden präsentiert, als sei die ganze Rettung ihre Idee gewesen. Verlässliche Eigentümer. Faire Pachtvereinbarung. Ob Markus und Rita etwas dazu sagen wollten. Das war typisch Ellen. Sven hatte nur bräsig rumgestanden. Gegrinst und genickt. Völlig abgemeldet. Von den übrigen Vorständen kein Pieps. Und dann, als Erstaunen langsam in Dankbarkeit umschlug, wieder Ellen: „Rita und

Markus, ihr seid spitze! Ich denke, ich spreche im Namen aller, wenn ich euch sage: Danke, vielen, vielen Dank. Auf eine lange, gedeihliche Zusammenarbeit!" Die Frau war unglaublich. Auf eine lange, gedeihliche Zusammenarbeit. Die brauchte gar nicht mehr gewählt zu werden zur Präsidentin. Die war es längst. Nur wusste das noch nicht jeder.

„Und ich werde Präsident", sagte Berthold Siepenkötter, während Christoph und Thomas nach der Runde noch ein Bier nahmen. Er sagte es freilich nicht zu Christoph und Thomas. Er sagte es seinen Vorstandskollegen. Eigentlich sagte er es auch nicht. Er forderte. Mit aller Autorität, die ihm zu Gebote stand. Finanzer. Fünfunddreißig Jahre im Verein. Über hundert Kilo Lebendgewicht. Da kam so einiges in die Waagschale. Sven war es egal. Volker ballte die Faust in der Tasche. Babette dachte sich: Du Idiot, wart's nur ab. Immerhin musste er nicht lange warten. Natürlich hatte man Ellen dazu geladen. In den Vorstand. Rein schleifen war nicht nötig gewesen. Sie kam ganz von allein. Eben hatte Sven den nächsten Punkt der Tagesordnung aufgerufen: Wahl des Vorstands durch die Mitgliederversammlung. Die Kandidatenliste war geklärt. Jetzt ging es um die Ressortverteilung. „Babette, Sport, wie gehabt. Volker, Finanzen. Alles Gute für die neue Aufgabe. Ellen, unsere Neueinsteigerin, Platzangelegenheiten." An der Stelle hatte sich Berti mit seinem Zwischenruf zu Wort gemeldet. „Und ich werde Präsident." Kurze Zeit sagte keiner ein Wort. Ein elektrisches Knistern in der Luft. Dann sagte Ellen einfach nur: „Nein." Berthold verstand noch immer nicht. „Also dann Sport, Ellen. Finanzen ist ja wohl nichts für dich." Von der Terrasse hörte man Christoph und Thomas lachen. Eine Respektlosigkeit. Hier wurde gearbeitet. „Du machst Finanzen, Berti. Du kannst doch gut mit Zahlen",

sagte Ellen ruhig, „Ich werde Präsidentin. Ganz oder gar nicht."
Coup de grâce, lag es Babette auf der Zunge. Stattdessen lächelte sie nur milde vor sich hin. Volker sagte: „Platz? Liebend gern!
Ich brauch das olle number crunching nicht." Sven ließ das einfach mal laufen. „Nichts da", polterte Berti, „so haben wir das
nicht besprochen. Tut mir leid, Ellen, aber das steht unverrückbar. Stell dich hinten an." Ellen dachte gar nicht daran, sich hinten anzustellen. Vielmehr sagte sie so ruhig wie zuvor: „Ganz
oder gar nicht, Berti. Ich werde Präsidentin. Wenn ihr das nicht
wollt, ist das in Ordnung. Aber dann ohne mich. Dann bin ich
raus." Jetzt musste Sven doch mal dazwischen gehen. Be-
schwichtigend hob er die Hände. „Oh, oh, oh. Nun mal langsam. Entschieden ist hier noch gar nichts, Berti. Dass du dich
zur Verfügung gestellt hast, ist aller Ehren wert ..." Von draußen
jetzt wieherndes Gelächter. Ja, wussten die nicht, was sich gehörte? „Wir wissen, was sich gehört", fuhr Sven fort, „wir wissen, was wir an einem Berthold Siepenkötter haben. Und deshalb, ohne Wenn und Aber: Danke, dass du in die Bresche
gesprungen wärest, Berti." An dieser Stelle übernahm nahtlos
Babette: „Aber wir sind uns wohl auch alle einig darin, dass die
Ellen eine exzellente Präsidentin abgeben würde. Und vielleicht
ist es ja auch mal an der Zeit für eine Frau an der Spitze von
Landsberg." Spiel. Satz. Und Sieg. Das war's. Berti sackte sichtlich in sich zusammen. Zu aller Überraschung folgte aber kein
„So kann man mit einem Berthold Siepenkötter nicht umsprin-
gen". Auch kein „Dann sucht euch doch einen anderen Dum-
men". Und auch kein „Schluss. Aus. Vorbei. Das war's". Stattdessen winkte Berti nur verächtlich ab und grunzte: „Dann
macht doch, was ihr wollt. Bleib ich halt Finanzminister. Bevor
der ganze Laden zusammenbricht." Und so war es denn abgemacht. Ellen auf dem ersten Listenplatz. Sie konnte es kaum

abwarten, das Grandpa Joseph zu erzählen. In drei Wochen war Mitgliederversammlung. Zur Wahl stand der vierte Engel für Landsberg.

Anna-Lena Posch hatte eben die Einladungen zur Mitglieder-versammlung rausgeschickt. Jetzt erstmal Pause machen. Also rüber zu Ursula Morgenroth. Die war dabei, einen kleinen Turm aus fliederfarbenen Pullundern aufzuschichten. Seit das Küche & Keller seine Pforten auf Landsberg geöffnet hatte, waren bei-de ein wenig fülliger um die Hüften. Olek und Jakub hatten auch zugelegt. Tendenziell bauchlastig. Die Versuchung war groß. Und sie war allgegenwärtig. Zur Hauspolitik gehörten Sondertarife für die „Landsberg-Familie", wie Sascha Koch zu sagen pflegte. Bei jeder Gelegenheit wurde neuerdings gegessen. „Hast du neulich die Ochsenbäckchen mit Selleriepüree pro-biert?", schwärmte Anna-Lena. „Nein, da hatte ich Hechtklöße mit Sauce Nantua", erinnerte sich Ursula verzückt. Nächster Turm. Jetzt waren die lindgrünen Pullunder dran. Es gab sogar welche mit Küche & Keller-Emblem. Auch andere Restaurant-Devotionalien, Küchenutensilien und eine ganze Reihe an Sascha Koch-Büchern. Undenkbar, dass die Öffnung auf Probe mit ei-ner Schließung enden könnte. Wer einmal im Küche & Keller gegessen hatte, der wollte mehr. Landsberg war auf bestem Wege, ein Restaurant mit angeschlossenem Golfplatz zu wer-den. Sehr zur Freude von Manfred Pucker und Fragment Invest. Die in der Pacht vereinbarte Trennung von Golfbetrieb und Gastronomie hatte sich ausgezahlt. Auch Sascha Koch war zu-frieden. Das kulinarische Austarieren kosmischer Ordnung hat-te alle Energiequellen in ihm zum Schwingen gebracht. Das Tor zum zehnten Dan stand weit offen. „Sollen wir rüber gehen, was essen?", fragte Ursula über die Schulter. „Au ja", freute sich

Anna-Lena und ging der Freundin beim Zusammenlegen der zitronengelben Polos zur Hand. Die Tageskarte war vielversprechend. Es gab keine Zeit zu verlieren.

Johann Engel ging Markus langsam auf die Nerven. Beim Angolfen hatte der ihn gefragt, ob er was von Pferden verstünde. Markus hatte wahrheitsgemäß verneint, aber fallen lassen, dass Rita in Billerbeck aufgewachsen war. Kindheit ohne Pferde ging da gar nicht. Für den Rest der Runde hatte sich alles um Zuchtkonzepte gedreht, welche Rassen und Linien für welche Disziplinen taugten und wie man am besten im Dressurviereck punktete. Auch hatte Markus ungefragt eine Menge über Pferdeanatomie und Biomechanik, Leistungsprüfung und Zuchtwertfeststellung, Füttern, Tränken und Pflegen gelernt. Nach spätestens zwanzig Minuten hatte er auf Durchzug geschaltet, nur sporadisch ein „Aha!", ein „Interessant!" oder ein „Sieh mal einer an!" eingeworfen. Offensichtlich genug, um glaubhaft Interesse zu heucheln. Jedenfalls schien Ellens Vater seither einen Narren an ihm gefressen zu haben. Richtig penetrant wurde die Sache, seit das Geheimnis um die Landsberger Eigentümerschaft gelüftet war. „Hast du Fax?", hatte sich Johann gleich bei der nächstbesten Gelegenheit erkundigt. Da musste Markus passen. Also fand er fortan regelmäßig verblichene Bauzeichnungen und kaum mehr entzifferbare Planungsskizzen im Briefkasten. *Projekt Pegasus: Golf & Country Club Gut Landsberg*. Obenauf stets eine Notiz. Mit krakeliger Handschrift schnell aufs Papier geworfen. Botschaften wie „Jetzt oder nie!", „Unbedingt machen!!" oder „Eine Goldgrube!!!" Das reinste Stalking. Der Mann schien auf einen unerschöpflichen Fundus an Planungsunterlagen zurückgreifen zu können. Anfangs hatte Markus sich tatsächlich mit Rita, Manfred und Kannegießer beraten, ob da nicht vielleicht doch was dran sein könnte. Konnte nicht. Da waren sich alle einig. Einschließlich Rita. Ungeachtet Billerbecker Abkunft. Markus setzte eine handschriftliche Antwort auf. Dank. Bedauern. Absage. Mit freundlichen Grüßen und postalischer Zustellung. Ein paar Tage später der nächste armdicke Umschlag im Briefkasten. „Chance ergreifen!!!!" Beharrlichkeit schien den Engels im Blut zu liegen.

Gerade war Manfred zum gemeinsamen Abendessen im Hardenberghang hereingeschneit. „Sieh dir das an", begrüßte ihn Markus und nickte in Richtung des gewaltigen Postbündels auf dem Garderobenbord, „die wöchentliche Lieferung vom Pferde-Johann." Manfred staunte nicht schlecht. Er nahm den Stapel auf und wog ihn in der Hand. „Wow, wieder gut zwei Kilo. Für das ganze Porto kann unser Freund seinen Country Club bald selber bauen." Sie gingen hinüber in den Wohnbereich. Rita kam ihnen entgegen und drückte Manfred ein Glas Eistee in die Hand. „Darf ich dir das abnehmen?" Sie griff nach dem Papierstoß und warf ihn auf den Küchentresen. Da lag er noch, als sie mit den Aperitifs fertig waren. Markus und Manfred schnippelten Gemüse. Rita blätterte lose durch die Dokumente. Das meiste war ein Fall fürs Altpapier. Doch schon die vorangegangenen Lieferungen hatten immer mal wieder kleinere Überraschungen bereitgehalten. Historische Ansichten vom Gutshaus. Allerlei Fotos aus den frühen Jahren des Clubs. Schriftwechsel mit Ernst August von Schnakenbeck. „Das ist ja mal interessant", sagte Rita und entnahm dem Stapel einen mehrfach gefalteten Grundrissplan. Der hatte schon so einige Jährchen auf dem Buckel. Unten rechts in der Ecke war ein Hinweis auf das ausführende Architekturbüro. Darunter die Jahreszahl 1869. Die ganze Zeichnung war kunstvoll ausgeführt. Die würde man sich auch gerahmt an die Wand hängen können. Da lag Gut Landsberg vor ihnen. Vom Keller bis zum Dach. Horizontal aufgeschnitten aus der Vogelperspektive. Manfred und Markus kamen herüber und schauten ihr über die Schulter. „Ich wusste gar nicht, dass wir so einen großen Keller haben", sagte Rita. Das stimmte. Nach dem Erwerb von Landsberg hatten sie und Markus einen ausgiebigen Rundgang durch das schlossähnliche Gemäuer gemacht. Aber der Keller war ihnen wenig spektakulär erschienen. Nach Norden hin der Teil, der vom Parkplatz aus über ein paar Stufen zugänglich war. Ein niedriges Gewölbe. Einige Mitglieder hatten hier ihre Golftaschen untergestellt. Dann gab es noch ein Lager, das sich an die rückwärtige Küche anschloss. „Lass mal sehen", sagte Manfred. „Ja, schau mal hier. Das ist heute der Kühlraum. Und dahinter, das ist der alte Weinkeller von den Schnakenbecks. Den nutzen wir aber nicht mehr." Markus nickte. „Da waren Rita und ich nicht drin. Weißt du noch, Baby, nur mal so mit der Taschenlampe reingeleuchtet haben wir da." Richtig. Rita erinnerte sich. In dem moderigen Dunkel war ihr damals etwas unbehaglich gewesen. „Und das hier ...", fuhr Manfred fort, stutzte dann aber gleich wieder. „Das hier. Das hier? Verdammt. Das kann ich euch jetzt auch nicht sagen. Beim besten Willen nicht", murmelte er und legte die Stirn in Falten. Da war noch eine weitere Kammer im Zentrum des Bauplans. Genau zwischen altem Weinkeller und parkplatzseitigem Abstellraum. Nicht größer als vielleicht drei mal drei Meter. „Vielleicht ist da auch gar nichts", versuchte es Markus. „Kann ja sein, dass der Raum irgendwann der einen oder anderen Seite zugeschlagen worden ist. Weinkeller oder Taschenlager." Ja, das konnte natürlich sein. Wände hatte man mit der Zeit sicher immer mal wieder versetzt in dem ganzen Gemäuer. „Vielleicht", sagte Manfred. „Vielleicht aber auch nicht.

Sehen heißt glauben." Zischend glitt das vorbereitete Gemüse in das heiße Olivenöl. „Morgen schon was vor, Manfred?" Ritas Gesicht verschwand hinter dem aufsteigenden Dampf. Pythia im Orakel von Delphi. „Sieht so aus, als müsste Fragment Invest mal eine kleine Vermessung vornehmen auf Landsberg."

Ellen und Marijn waren unterwegs in die Breiten Eichen. Ellens Triumph war nicht etwas, das sie Grandpa Joseph einfach so am Telefon erzählen wollte. Vierter Engel für Landsberg! „De Opa wordt uitzinnig van vreugde", hatte Marijn ausgerufen, als Ellen mit der frohen Kunde kam. Und damit lag er sicher richtig. Das erste, das sie sahen, als sie auf das Anwesen einbogen, war der Notarztwagen vor der Tür. Blankes Entsetzen packte Ellen. Sie riss die Wagentür auf. Sie rannte die wenigen Meter zu dem kleinen Grüppchen dort im offenen Hausflur. Sie sah Grandpa Joseph bleich und starr auf der Bahre liegen. Sie verlor den Boden unter den Füßen. Wollte nur noch schreien. Marijn trat dazu. Wechselte ein paar Worte mit Arzt oder Sanitäter. Sie hörte es nicht. Marijn nahm sie in die Arme. Sie spürte es nicht. Alles im Dutt. Alles sinnlos. Schutt und Asche. Was war das alles wert, wenn er nicht mehr da war? Nicht mehr da, sich mit ihr zu freuen. *Fein, mein Ellielein …* Ellen löste sich aus Marijns Umarmung. Nur weg. Raus in den Garten. Sie lief. Und sie schrie. Schrie, dass man meinen wollte, der Himmel würde einstürzen.

Grandpa Joseph war fort. Das Haus leer. Ellen und Marijn saßen beisammen im Gartensalon. Die Haushälterin hatte Ellen einen doppelten Whisky gebracht. Marijn hatte sie in eine Decke gehüllt. Die roch noch nach dem Großvater. Auf dem Beistelltischen ein Bild von ihm und Oma Irmtraud. Das, auf dem sie die Perlenohrringe trug. Plötzlich war sie Marijn unendlich dankbar, dass er den einen wiedergefunden hatte. Dort vor ein paar Wochen, im Gebüsch am Halfway House. Grandpa Joseph und Oma Irmtraud. Jetzt irgendwo wieder vereint. Vielleicht schaute Onkel Spörli ab und an vorbei. Irgendwann kämen auch sie und Marijn zu Besuch. So war es seit Urzeiten. So würde es immer sein. Generationen kamen und gingen. Reichten einander die Hand und zogen weiter. Der eine nahm des anderen Platz ein. Reihe um Reihe. Jetzt war auch sie wieder ein Stück aufgerückt. „Ich liebe dich, Marijn", sagte Ellen leise. „Ik weet", gab Marijn zurück und küsste sie sacht auf die Stirn.

An einem wunderschönen Junimorgen stiegen Rita, Markus und Manfred hinab in Landsberger Katakomben. „Hier also hast du deine Weihnachtsgänse gelagert, bevor sie Bekanntschaft mit Soße und Fertigklößen machen mussten", lachte Rita ihre Anspannung weg. Markus und Manfred nahmen Maß an den Wänden des kühlen Küchenlagers. Das Ergebnis stimmte mit Johann Engels Bauzeichnung überein. Gleiches galt für Weinkeller und das parkplatzseitige Gewölbe. „Also, wenn das bis hierher alles stimmt, müsste vor uns tatsächlich ein Hohlraum liegen", schlussfolgerte Markus. Manfred schlug vor, zur Sicherheit auch die Außenmaße des Gebäudes aufzunehmen. Dann habe man Klarheit. Und tatsächlich: Die Fassadenmessung ergab eine Differenz von gut dreieinhalb Metern gegenüber Innenmaß. Das war jetzt doch aufregend. „So muss sich Schliemann gefühlt haben, als er Troja ausgebuddelt hat", meinte Manfred. Und genauso fühlten sich Rita und Markus. Zurück im Schnakenbeck'schen Weinkeller suchten die drei nach einem geheimen Zugang. Einer Öffnung. Einer Nische. Irgendetwas, das auf den verborgenen Hohlraum hingewiesen hätte. Fehlanzeige. Die einzige Entdeckung, die sie machten, war die ausgezeichnete Qualität des Gewölbes zur Einlagerung. Schön kühl war es hier. Wohl auch relativ konstant. Nicht zu trocken, aber auch nicht zu feucht. Da würde man beizeiten doch mal mit Sascha Koch drüber sprechen müssen. Hieß ja schließlich Küche & Keller, der Laden. Jetzt aber riss Markus erstmal einen Teil der rückwärtigen Regale herunter, um die dahinterliegende Wand freizulegen. „Sollen wir von hier aus bohren oder doch lieber von drüben?", zögerte er. „Besser von hier", sagte Rita bestimmt, „drüben geht es zu wie im Taubenschlag." Das stimmte. Markus setzte den Schlagbohrer an. Dann wandte er sich mit einiger Feierlichkeit an seine Begleiter. „Baby. Fred. Also dann. Schreiben wir Geschichte." Das Kellergewölbe füllte sich mit infernalischem Lärm. Der Bohrkopf fraß sich Zentimeter für Zentimeter in den harten Sandstein. Markus legte sich mit aller Kraft dagegen. Krach und Staub. Dann unvermittelt ein Ruck. Kein Widerstand mehr. „Heureka!", rief Markus aus. „Quod erat demonstrandum!", rief Manfred. „Jawoll!", frohlockte Rita mit geballter Faust. Sie holten Jakub, um den Rest zu erledigen. Mit Meißel und Vorschlaghammer. Nicht lange, und der Hohlraum war einen spaltbreit freigelegt.

Drinnen Dunkelheit. Markus zwängte sich durch die Öffnung in die dahinterliegende Kammer. „So 'ne ordentliche Pechfackel wär jetzt gut", fluchte er. Die anderen drängten nach. Mit ihren Smartphones tauchten sie den Raum in kaltes Licht. An der Gewölbedecke: schwarze Bracke, Eichenlaub, Weinfass. Da hatte wohl einer klar machen wollen, wer hier Herr im Haus war. Treu. Hart. Trinkfest. Das Wappenschild der Schnakenbeck-Sondheims. An der östlichen Wand eine verblasste Malerei. Ausgeführt als Triptychon. Zur Linken: Mann in blauem Ornat.

Bischofsstab. Gänse zu Füßen. Mittig: Schwert. Weizenähren. Rosenranken. Zur Rechten: Mann kniend. Die Hände wie zum Gebet aneinandergeschmiegt. Betende Hände in die Hände eines zweiten Mannes gelegt. Markus stand links und sagte: „Ludgerus!" Manfred stand rechts und sagte: „Lehnseid". In der Mitte stand Rita. Die sagte: „Da ist eine Kiste." Naja, es war wohl eher eine Truhe. Die stand im Schatten unter Schwert, Rosen, Ähren. Gewölbter Rücken. Mächtige Schließe. Erfreulicherweise kein Schloss. Auch wenn das keine größeren Umstände bereitet hätte. Wofür hatte Jakub einen Bolzenschneider dabei? Ganz vorsichtig hob Rita den Deckel an. Nichts rührte sich. „Könnt ihr vielleicht mal helfen?" Jetzt packten Markus und Manfred an den Seiten zu. Unter Ächzen und Knarren klappten die alten Scharniere zurück. Markus hatte schon recht: Fackeln wären feierlich gewesen. Doch auch im nüchternen Schein der LED-Funzeln offenbarte sich, was dort im Inneren verborgen lag. Ein gewaltiges Schwert auf fadenscheinigen Kissen ruhend. In den mächtigen Knauf graviert die Buchstaben K-R-L-S über ein Kreuz verbundenen. Im Zentrum eine Raute. Oben A. Unten U. Im Ganzen O. Das Karolus-Monogramm!

„Ah", entfuhr es Markus. „Oh", staunte Rita. „Uh", machte Jakub. „Das ist das Karolus-Monogramm", wusste Manfred. Und damit lag er mal wieder richtig.

Zur Mitgliederversammlung des GC Gut Landsberg waren acht Anträge eingegangen. Der erste verlangte Rechenschaft, was die umfangreiche Instandsetzung des Gutshauses die Mitglieder kosten würde. Nichts. Das übernahmen die Brockmanns – und Fragment Invest. Der zweite wollte wissen, wie die Partnerschaft mit Sascha Kochs Küche & Keller zustande gekommen sei und was das die Mitglieder kosten würde. Nichts. Das übernahmen die Brockmanns – und Fragment Invest. Antrag drei drängte auf Offenlegung, woher die neuen E-Carts kämen und was das die Mitglieder kosten würde. Nichts. Das übernahmen Jürgen und Maja – und Picolo. Antrag vier verlangte die Beendigung der probeweisen Öffnung der Clubgastronomie. Vor Abstimmung setzte Sven Gräther die Versammlung davon in Kenntnis, dass dies aller Voraussicht nach die sofortige Schließung des Küche & Keller nach sich ziehen würde. Der Antrag wurde mit acht Ja-Stimmen, 113 Gegenstimmen und einer Enthaltung abgelehnt. Antrag Nummer fünf regte an, Sondierungen mit dem GC Hefel aufzunehmen, um einen möglichen Zusammenschluss zum Golf & Country Club Hefeler Land auszuloten. Der Antrag wurde mit vier Ja-Stimmen und 118 Gegenstimmen abgelehnt. Antrag Nummer sechs schlug je eine Ehrenplakette im Kaminzimmer vor, zum Angedenken an die im Jahresverlauf verstorbenen Altpräsidenten Joseph Engel und Bernhardt Spörle. Der Antrag wurde ohne Gegenstimmen angenommen. Der siebte Antrag wurde von der Tagesordnung gestrichen. Der betraf den Ausschluss der Plocks wegen groben Zuwiderhandelns gegen Landsberger Vereinsinteressen. Gerhard und Henriette waren dem mit ihrem Austritt erfolgreich zuvorgekommen. Der geplante Wechsel nach Hefel gestaltete sich dagegen problematisch. Dafür sorgten schon Rainer Ruhmbach und Sabrina Becker.

Der letzte Antrag schließlich verlangte Aufklärung, was es mit den rätselhaften Ausgrabungen in Landsberger Kellern auf sich habe. „Tja", begann Sven, „das ist ja nun eigentlich Sache der Brockmanns – und von Fragment Invest." Und so berichtete Markus: Wie man von Johann Engel auf die richtige Fährte gesetzt worden sei. Wie man die freigelegte Kammer für die Nachwelt erhalten wolle. Wie man sich gleich nach dem spektakulären Fund mit der Unteren Denkmalbehörde in Verbindung gesetzt habe. Wie den Denkmalpflegern schnell klar gewesen sei, was man da in Händen hielt. Und wie es das nordrhein-westfälische Schatzregal leider nicht zulasse, das betreffende Artefakt auf Landsberg zu belassen. Immerhin handele es sich, vorbehaltlich weiterer Prüfungen, um einen Fund von besonderem, ja, herausragendem wissenschaftlichen Wert. Karolus-Monogramm. Gänseprägung. Datiert auf romanische Ursprünge. „Nach allem, was wir wissen, ist das, was über Jahrhunderte hier auf Landsberg verborgen lag, der sagenumwobene Gänsehammer", schloss Markus in feierlichem Ton. „Das verschollen geglaubte Schwert des Heiligen Ludgerus." Der nachfolgende Kassenbericht von Berthold Siepenkötter interessierte da keinen mehr. Wohl aber der abschließende Punkt der Tagesordnung: Entlastung und Neuwahl des Vorstands.

Zur gleichen Zeit saß Ernst August von Schnakenbeck-Sondheim am Fenster seines Zweibettzimmers im St. Ludgerus Heim und hing trüben Gedanken nach. Der letzte Schnakenbeck. Ende der Erblinie. Wobei: Zu vererben gab es auch nicht mehr viel. Landsberg weg. Wahnfried-Karton liquidiert. Hausrat verscherbelt. „So vergeht der Ruhm der Welt", seufzte der Graf. Draußen schlichen wieder die verdammten Katzen ums Haus. Bereiteten sich vor auf ihr Nachtkonzert. „Dahin, dahin", murmelte Ernst August bitter. „Wohin, wohin?", echote es vom Fenster zurück. Da rieb sich ein fetter schwarzer Kater am Blumengitter. „Alles für die Katz, Miau", griente der und drückte sich an die Scheibe. „Das ist nicht wirklich. Das ist nur in meinem Kopf", konzentrierte sich Ernst August. Hart bleiben. Wind von vorne geben. Klare Kante zeigen. Auch gegen sich selbst. „In dieser Welt ist kein Platz für Hirngespinste", hatte sein Vater immer gesagt, der alte Willibrord. Und weiter hatte er gesagt: „Kämpfen. Kämpfen.

Kämpfen, Ernst August". Draußen kippte ein Blumentopf vom Fenstersims. Zersprang in tausend Scherben. Vom Flur her kam der Pfleger mit dem Abendessen herein. „Empfn. Empfn. Empfn", presste Ernst August mühsam hervor. „Kein Empfang, Herr Schnakenbeck? Warten Sie, ich versuch's mal." Der junge Mann tippte auf der Seniorenfernbedienung herum. Plärrend erwachte der Flachbildschirm zum Leben. „Geht doch", lächelte der Pfleger. „Empfn. Empfn. Empfn", wiederholte Ernst August einigermaßen penetrant. „Jaja, Herr Schnakenbeck. Wir sind müde. Zeit fürs Bett". Draußen setzte das Nachtkonzert ein.

Gerhard Plock war nicht müde. Der war nur sauer. Auf Rainer Ruhmbach. Und den ganzen Vorstand. Der Gerhard war Zeit seines Lebens Landsberger gewesen. Zumindest bevor er die Seiten gewechselt hatte. Fortan also halbherzig Hefeler. Der Rainer dagegen hatte schon für Hefel getrommelt, als Gerhard noch treu zu Landsberg stand. Und später dann, als Rainer ganz narrisch auf Landsberg war, schlug Gerhards Herz plötzlich für Hefel. Beider Beziehung hatte gelitten. Am Ende waren beide Hefeler. Aber da war das auch schon egal. Weil Gerhard die Übernahme von Landsberg verbockt hatte, wie Rainer sagte. Weil das Höchstgebot viel zu mickrig war, wie Gerhard sagte. Natürlich saß der Rainer am längeren Hebel. Der traf sich in der Angelegenheit mit anderen Golfkameraden, die gleichfalls Gewicht und Stimme hatten im Club. „Der Plock, der geht ja gar nicht, Rainer", sagte irgendwann der Captain der Herrenmannschaft. „Das ist so ein richtig fieser Wendehals", ätzte der Captain der Damenmannschaft. „Hat der nicht ohnehin nur eine Zeitmitgliedschaft?", fragte der Captain der Seniorenmannschaft. Und so war es. Die lief dann auch sang- und klanglos aus. Vorher aber riet man Gerhard und Henriette Plock noch in aller Freundschaft, sich doch besser nach einem anderen Club umzuschauen. Sie hätten ohnehin nicht verlängert, sagten die. Und so war es alles in allem wohl höhere Fügung, dass aus dem Golf & Country Club Hefeler Land nie etwas geworden ist. Hefel und Landsberg. Wie Feuer und Wasser. So würde es noch in fünfhundert Jahren sein. Hier wie dort schlug man ein auf alles und jeden, egal ob Feind oder Freund.

Die Mitgliederversammlung war beendet. Ellen stand mit Joshua und Amelie auf dem risalitartig vorspringenden Turm von Gut Landsberg. Versonnen betrachteten sie das Leuchten des Abendsterns in der einsetzenden Dämmerung. Es war ein weiter Weg gewesen bis hierher. Lang ersehnter Präsidentschaft entgegen. Über den nach Osten ansteigenden Hängen stieg ein blasser Mond auf. Groß und rund. „Meint ihr, ich werde mich würdig erweisen, meine Goldschätze?" Joshua schaute zu seiner Mutter empor. Unendlich ernst. Unendlich konzentriert. Mit einem Blick, in dem Himmel und Erde, Sonne, Mond und Sterne stillzustehen schienen. Der nur noch Ellen sah. Bis auf den Grund in Ellen hinein sah. „Ja, Mama", flüsterte er wie im Schlaf, „das glaube ich ganz feste!" Für den Bruchteil einer Sekunde meinte Ellen in diesen Augen Grandpa Joseph zu sehen. „Und du, meine Süße?", drehte sie sich zu Amelie. Die mied Ellens Blick. Druckste ein wenig herum. Guckte weiter unverwandt auf den leuchtenden Abendstern. Dann schob sie die Unterlippe vor, verschränkte trotzig die Arme vor der Brust und schmollte: „Ich will auch mal Präsidentin sein!" Ellen drückte sie fest an sich. „Das wirst du, Amelie. Das wirst du gewiss. Du wirst einmal der fünfte Engel für Landsberg."

In diesem Moment traten zwei Gestalten aus dem Schatten des Turms auf die Brüstung hinaus. „Lang leve de Koningin!", rief Marijn und machte einen tiefen Diener. Hinter ihm tauchte Markus auf. Der verbarg etwas hinter dem Rücken. Im Vortreten zog er es hervor. Präsentierte es Ellen mit ausgestreckten Armen. Auf seinen offenen Handflächen ruhte der Gänsehammer des Ludgerus. „Nur für diesen Abend geborgt, Madam, mit freundlicher Genehmigung der Unteren Denkmalbehörde." Markus ließ sich auf ein Knie sinken. Ellens Augen füllten sich mit Tränen. Das Herz zog sich ihr zusammen. Sie ergriff das Schwert mit beiden Händen. Sie drehte sich nach Osten. Reckte die Klinge in die Höhe, dem steigenden Mond entgegen. Dann wiederholte sie, die Worte, die sie eben schon in der Versammlung gesprochen hatte. Doch jetzt erst fühlte es sich richtig an. Rief es in die Nacht hinaus. Ihren Eid. Ihren Schwur. Ihr Bekenntnis: „Ich nehme die Wahl an!"

Der Autor

Stefan Haver, Jahrgang 1969, studierte Literatur, Kommunikations- und Politikwissenschaften an der Universität Duisburg-Essen. Beruflich schaut er auf über zwanzig Jahre in Unternehmenskommunikation und Change Management zurück. Auf dem Golfplatz lernt er immer wieder aufs Neue, wie man mit Anstand verliert.